日記主人

《給孩子的每日一問》是一本獨特的三年日記。一天問一個問題，就能和孩子共享親子時光。三年的答案放在一起，還能看出孩子一路成長的變化，留下珍貴的童年回憶。

由於本書同時設計給三至十歲的孩子，如果小朋友目前還小，某幾題可能有些超齡，爸媽可以自行運用孩子能懂的方式換句話說。不過，如果您和孩子對題目有不同的解釋，依照孩子的方法來回答，將更為樂趣無窮。

各位可以視孩子的年齡，由他們口頭回答，大人代為記錄，也可以讓孩子自己寫。他們的答案可能讓人會心一笑，也可能出乎意料，甚至令人關切。別急著評論孩子的答案，讓他們自由說出心聲，留下最真實的紀錄。

看著三年間的變化，見證孩子漸漸成長，將是一場不可思議的旅程！孩子可能在某方面發生很大的變化，某方面最初的本質卻不會變。《給孩子的每日一問》可以協助孩子認識自己，做家長的人也能陪同見證這個過程。

JANUARY 01

寫下你的名字。

20＿＿ _____

_____

_____

_____

_____

20＿＿ _____

_____

_____

_____

_____

20＿＿ _____

_____

_____

_____

_____

JANUARY  02

你最喜歡和朋友一起做什麼事？

20＿＿

20＿＿

20＿＿

JANUARY  03

你正為了什麼事情感到興奮？

20＿＿

20＿＿

20＿＿

JANUARY 04

你覺得自己今天像哪一種動物？
為什麼？

20＿＿

20＿＿

20＿＿

JANUARY  05

說出一件你很氣的事。

20_ _ _____

_____

_____

_____

_____

20_ _ _____

_____

_____

_____

_____

20_ _ _____

_____

_____

_____

_____

JANUARY  06

如果全世界任你遨遊，
你想去哪裡？

20___ _____

_____

_____

_____

_____

20___ _____

_____

_____

_____

_____

20___ _____

_____

_____

_____

_____

JANUARY 07

有什麼事你很想做，
但不能做？

20＿＿ _____

_____

_____

_____

_____

20＿＿ _____

_____

_____

_____

_____

20＿＿ _____

_____

_____

_____

_____

JANUARY

你心目中的英雄是誰？為什麼？

20＿＿ _____

_____

_____

_____

_____

20＿＿ _____

_____

_____

_____

_____

20＿＿ _____

_____

_____

_____

_____

JANUARY

如果能有更多＿＿＿＿＿＿就好了。

20＿＿ _____

_____

_____

_____

_____

20＿＿ _____

_____

_____

_____

_____

20＿＿ _____

_____

_____

_____

_____

JANUARY  10

你的長處是什麼？

20＿＿ _____

_____

_____

_____

_____

20＿＿ _____

_____

_____

_____

_____

20＿＿ _____

_____

_____

_____

_____

JANUARY  11

有人用難聽的話罵過你嗎？
發生了什麼事？

20＿＿

20＿＿

20＿＿

JANUARY 12

如果朋友動你的東西，
你有什麼感覺？

20___ _____

_____

_____

_____

_____

20___ _____

_____

_____

_____

_____

20___ _____

_____

_____

_____

_____

JANUARY 13

我最近做了一件很呆的事，
我_____。

20_ _ _____

_____

_____

_____

20_ _ _____

_____

_____

_____

20_ _ _____

_____

_____

_____

JANUARY  14

難過時，誰可以讓你的心情
好起來？

20＿＿ _____

_____

_____

_____

_____

20＿＿ _____

_____

_____

_____

_____

20＿＿ _____

_____

_____

_____

_____

JANUARY  15

如果想買什麼都可以，
你想要什麼？

20＿＿ _____

_____

_____

_____

20＿＿ _____

_____

_____

_____

20＿＿ _____

_____

_____

_____

JANUARY  16

_____讓我不開心。

20＿＿ _____

_____

_____

_____

_____

20＿＿ _____

_____

_____

_____

_____

20＿＿ _____

_____

_____

_____

_____

JANUARY 17

今天最開心的事是什麼？

20＿＿ _____

_____

_____

_____

20＿＿ _____

_____

_____

_____

20＿＿ _____

_____

_____

_____

JANUARY 18

你四周有什麼聲音？

20___ _____

_____

_____

_____

_____

20___ _____

_____

_____

_____

_____

20___ _____

_____

_____

_____

_____

JANUARY  19

你覺得有保母陪伴好嗎?

20＿＿ _____

_____

_____

_____

20＿＿ _____

_____

_____

_____

20＿＿ _____

_____

_____

_____

JANUARY  20

你最喜歡哪種點心？
喜歡在哪裡吃？

20＿＿ ＿＿＿＿＿＿＿＿＿＿＿＿＿＿＿＿＿＿＿＿＿＿＿＿

20＿＿ ＿＿＿＿＿＿＿＿＿＿＿＿＿＿＿＿＿＿＿＿＿＿＿＿

20＿＿ ＿＿＿＿＿＿＿＿＿＿＿＿＿＿＿＿＿＿＿＿＿＿＿＿

JANUARY  21

你認為世界上有外星人嗎？
怎麼說？

20＿＿

20＿＿

20＿＿

JANUARY  22

什麼事讓你覺得自己很特別？

20___ ___ _____

_____

_____

_____

_____

20___ ___ _____

_____

_____

_____

_____

20___ ___ _____

_____

_____

_____

_____

JANUARY 23

今天有沒有人煩你？
發生了什麼事？

20＿＿

20＿＿

20＿＿

JANUARY  24

我對朋友很好，我＿＿＿＿＿＿。

20＿＿ _____

_____

_____

_____

_____

20＿＿ _____

_____

_____

_____

_____

20＿＿ _____

_____

_____

_____

_____

JANUARY  25

坐在餐桌旁讓你有什麼感覺?

20＿＿ _____

_____

_____

_____

_____

20＿＿ _____

_____

_____

_____

_____

20＿＿ _____

_____

_____

_____

_____

JANUARY  26

我擔心＿＿＿＿＿＿＿＿＿。

20＿＿ ＿＿＿＿＿＿＿＿＿＿＿＿＿＿＿＿＿＿＿＿＿＿＿

＿＿＿＿＿＿＿＿＿＿＿＿＿＿＿＿＿＿＿＿＿＿＿＿＿＿＿＿＿＿

＿＿＿＿＿＿＿＿＿＿＿＿＿＿＿＿＿＿＿＿＿＿＿＿＿＿＿＿＿＿

＿＿＿＿＿＿＿＿＿＿＿＿＿＿＿＿＿＿＿＿＿＿＿＿＿＿＿＿＿＿

＿＿＿＿＿＿＿＿＿＿＿＿＿＿＿＿＿＿＿＿＿＿＿＿＿＿＿＿＿＿

20＿＿ ＿＿＿＿＿＿＿＿＿＿＿＿＿＿＿＿＿＿＿＿＿＿＿

＿＿＿＿＿＿＿＿＿＿＿＿＿＿＿＿＿＿＿＿＿＿＿＿＿＿＿＿＿＿

＿＿＿＿＿＿＿＿＿＿＿＿＿＿＿＿＿＿＿＿＿＿＿＿＿＿＿＿＿＿

＿＿＿＿＿＿＿＿＿＿＿＿＿＿＿＿＿＿＿＿＿＿＿＿＿＿＿＿＿＿

＿＿＿＿＿＿＿＿＿＿＿＿＿＿＿＿＿＿＿＿＿＿＿＿＿＿＿＿＿＿

20＿＿ ＿＿＿＿＿＿＿＿＿＿＿＿＿＿＿＿＿＿＿＿＿＿＿

＿＿＿＿＿＿＿＿＿＿＿＿＿＿＿＿＿＿＿＿＿＿＿＿＿＿＿＿＿＿

＿＿＿＿＿＿＿＿＿＿＿＿＿＿＿＿＿＿＿＿＿＿＿＿＿＿＿＿＿＿

＿＿＿＿＿＿＿＿＿＿＿＿＿＿＿＿＿＿＿＿＿＿＿＿＿＿＿＿＿＿

＿＿＿＿＿＿＿＿＿＿＿＿＿＿＿＿＿＿＿＿＿＿＿＿＿＿＿＿＿＿

JANUARY  27

你最近做過什麼很厲害的事？

20____

20____

20____

JANUARY  28

當你照鏡子時，
鏡子裡的人長什麼樣子？

20＿＿

20＿＿

20＿＿

JANUARY  29

你長大以後想做什麼？

20＿＿ _____

20＿＿ _____

20＿＿ _____

JANUARY  30

你想遇到書中的哪個角色？

20＿＿ ＿＿＿＿＿＿＿＿＿＿＿＿＿＿＿＿＿＿＿＿＿＿＿
＿＿＿＿＿＿＿＿＿＿＿＿＿＿＿＿＿＿＿＿＿＿＿＿＿＿＿
＿＿＿＿＿＿＿＿＿＿＿＿＿＿＿＿＿＿＿＿＿＿＿＿＿＿＿
＿＿＿＿＿＿＿＿＿＿＿＿＿＿＿＿＿＿＿＿＿＿＿＿＿＿＿

20＿＿ ＿＿＿＿＿＿＿＿＿＿＿＿＿＿＿＿＿＿＿＿＿＿＿
＿＿＿＿＿＿＿＿＿＿＿＿＿＿＿＿＿＿＿＿＿＿＿＿＿＿＿
＿＿＿＿＿＿＿＿＿＿＿＿＿＿＿＿＿＿＿＿＿＿＿＿＿＿＿
＿＿＿＿＿＿＿＿＿＿＿＿＿＿＿＿＿＿＿＿＿＿＿＿＿＿＿

20＿＿ ＿＿＿＿＿＿＿＿＿＿＿＿＿＿＿＿＿＿＿＿＿＿＿
＿＿＿＿＿＿＿＿＿＿＿＿＿＿＿＿＿＿＿＿＿＿＿＿＿＿＿
＿＿＿＿＿＿＿＿＿＿＿＿＿＿＿＿＿＿＿＿＿＿＿＿＿＿＿
＿＿＿＿＿＿＿＿＿＿＿＿＿＿＿＿＿＿＿＿＿＿＿＿＿＿＿

JANUARY  31

今天學校最無聊的事是什麼？

20＿＿ _____

20＿＿ _____

20＿＿ _____

FEBRUARY  01

你有什麼願望？

20＿＿ _____

_____

_____

_____

_____

20＿＿ _____

_____

_____

_____

_____

20＿＿ _____

_____

_____

_____

_____

FEBRUARY  02

你喜歡帶哪個玩具上床睡覺？

20＿＿ _____

_____

_____

_____

_____

20＿＿ _____

_____

_____

_____

_____

20＿＿ _____

_____

_____

_____

_____

FEBRUARY 03

講一件你替別人感到
難過的事。

20＿＿ _____

_____

_____

_____

_____

20＿＿ _____

_____

_____

_____

_____

20＿＿ _____

_____

_____

_____

_____

FEBRUARY  04

今天有什麼值得感謝的事？

20＿＿ _____

20＿＿ _____

20＿＿ _____

FEBRUARY 05

你最喜歡大自然裡的
什麼事物？

20＿＿ _____

_____

_____

_____

20＿＿ _____

_____

_____

_____

20＿＿ _____

_____

_____

_____

FEBRUARY  06

你上一次感到害羞或不敢講話
是什麼時候？為什麼？

20＿＿

20＿＿

20＿＿

FEBRUARY 07

我喜歡全家人一起_____。

20＿＿ _____

_____

_____

_____

_____

20＿＿ _____

_____

_____

_____

_____

20＿＿ _____

_____

_____

_____

_____

FEBRUARY  08

你覺得哪些校規沒道理？

20＿＿

20＿＿

20＿＿

FEBRUARY

你午餐最喜歡吃什麼？

20__ _____

_____

_____

_____

_____

20__ _____

_____

_____

_____

_____

20__ _____

_____

_____

_____

_____

FEBRUARY 10

幸好書裡的＿＿＿＿＿
不是真的人。

20＿＿ _____

_____

_____

_____

20＿＿ _____

_____

_____

_____

20＿＿ _____

_____

_____

_____

FEBRUARY  11

你當過別人的小老師嗎？
你教了什麼？

20＿＿ _____

_____

_____

_____

_____

20＿＿ _____

_____

_____

_____

_____

20＿＿ _____

_____

_____

_____

_____

FEBRUARY 12

你不想失去什麼?

20＿＿ _____

_____

_____

_____

20＿＿ _____

_____

_____

_____

20＿＿ _____

_____

_____

_____

FEBRUARY 13

如果要藏起一個寶藏箱，
你會在裡頭放什麼？

20＿＿ _____

_____

_____

_____

_____

20＿＿ _____

_____

_____

_____

_____

20＿＿ _____

_____

_____

_____

_____

FEBRUARY

你覺得今天自己什麼事
做得很好？

20__ __ _____

_____

_____

_____

20__ __ _____

_____

_____

_____

20__ __ _____

_____

_____

_____

FEBRUARY 15

你最喜歡什麼運動？為什麼？

20＿＿ _____

_____

_____

_____

20＿＿ _____

_____

_____

_____

20＿＿ _____

_____

_____

_____

FEBRUARY 16

我知道我可以自己_____，
但大家都不相信。

20__ _____

_____

_____

_____

20__ _____

_____

_____

_____

20__ _____

_____

_____

_____

FEBRUARY 你這星期做了哪些讓自己
頭好壯壯的事？

20＿＿ _____

_____

_____

_____

_____

20＿＿ _____

_____

_____

_____

_____

20＿＿ _____

_____

_____

_____

_____

FEBRUARY  18

你什麼時候很勇敢？

20__ __

20__ __

20__ __

FEBRUARY 19

如果能許三個願望，我希望：
1._____ ; 2._____ ;
3._____ 。

20____ _____

_____

_____

_____

_____

20____ _____

_____

_____

_____

_____

20____ _____

_____

_____

_____

_____

FEBRUARY 20

哪一次你本來想說謊，
但勇敢說出實話？

20____

20____

20____

FEBRUARY  21

說出你幫助別人的經驗。

20＿＿ _____

_____

_____

_____

_____

20＿＿ _____

_____

_____

_____

_____

20＿＿ _____

_____

_____

_____

_____

FEBRUARY  22

說說看爸爸或媽媽
做什麼工作。

20__

20__

20__

FEBRUARY 23

怎麼樣才能和別人
一直當朋友？

20＿＿

20＿＿

20＿＿

FEBRUARY  24

你什麼時候感到安心？

20___ _____

_____

_____

_____

_____

20___ _____

_____

_____

_____

_____

20___ _____

_____

_____

_____

_____

●●●●●●●●●●●●●●●●●●●●●●●●●●●●●●●●●●●

FEBRUARY 25

你最喜歡哪個電視節目？

20＿＿

20＿＿

20＿＿

FEBRUARY 26

哪種聲音很吵?

20____

20____

20____

FEBRUARY  27

說出你絕不會改變的一件事。

20＿＿

20＿＿

20＿＿

FEBRUARY

28

視覺、聽覺、嗅覺、觸覺、
味覺，你最喜歡哪一個？
為什麼？

20＿＿

20＿＿

20＿＿

FEBRUARY 29

今年是閏年嗎？今天有沒有
發生不尋常的事？

20＿＿ _____

_____

_____

_____

_____

20＿＿ _____

_____

_____

_____

_____

20＿＿ _____

_____

_____

_____

_____

MARCH  01

雨天最棒的事是什麼?

20＿＿

20＿＿

20＿＿

MARCH 02

什麼事難得要命？

20＿＿ _____

_____

_____

_____

_____

20＿＿ _____

_____

_____

_____

_____

20＿＿ _____

_____

_____

_____

_____

MARCH 03

誰教了你真的很想知道的事？
你學到什麼？

20＿＿

20＿＿

20＿＿

MARCH 04

我不喜歡穿／戴＿＿＿＿＿＿＿。

20＿＿ ＿＿＿＿＿＿＿＿＿＿＿＿＿＿＿＿＿＿＿＿＿＿＿＿＿＿

＿＿＿＿＿＿＿＿＿＿＿＿＿＿＿＿＿＿＿＿＿＿＿＿＿＿＿＿＿＿＿＿

＿＿＿＿＿＿＿＿＿＿＿＿＿＿＿＿＿＿＿＿＿＿＿＿＿＿＿＿＿＿＿＿

＿＿＿＿＿＿＿＿＿＿＿＿＿＿＿＿＿＿＿＿＿＿＿＿＿＿＿＿＿＿＿＿

＿＿＿＿＿＿＿＿＿＿＿＿＿＿＿＿＿＿＿＿＿＿＿＿＿＿＿＿＿＿＿＿

20＿＿ ＿＿＿＿＿＿＿＿＿＿＿＿＿＿＿＿＿＿＿＿＿＿＿＿＿＿

＿＿＿＿＿＿＿＿＿＿＿＿＿＿＿＿＿＿＿＿＿＿＿＿＿＿＿＿＿＿＿＿

＿＿＿＿＿＿＿＿＿＿＿＿＿＿＿＿＿＿＿＿＿＿＿＿＿＿＿＿＿＿＿＿

＿＿＿＿＿＿＿＿＿＿＿＿＿＿＿＿＿＿＿＿＿＿＿＿＿＿＿＿＿＿＿＿

＿＿＿＿＿＿＿＿＿＿＿＿＿＿＿＿＿＿＿＿＿＿＿＿＿＿＿＿＿＿＿＿

20＿＿ ＿＿＿＿＿＿＿＿＿＿＿＿＿＿＿＿＿＿＿＿＿＿＿＿＿＿

＿＿＿＿＿＿＿＿＿＿＿＿＿＿＿＿＿＿＿＿＿＿＿＿＿＿＿＿＿＿＿＿

＿＿＿＿＿＿＿＿＿＿＿＿＿＿＿＿＿＿＿＿＿＿＿＿＿＿＿＿＿＿＿＿

＿＿＿＿＿＿＿＿＿＿＿＿＿＿＿＿＿＿＿＿＿＿＿＿＿＿＿＿＿＿＿＿

＿＿＿＿＿＿＿＿＿＿＿＿＿＿＿＿＿＿＿＿＿＿＿＿＿＿＿＿＿＿＿＿

MARCH  05

生活中目前最棒的一件事是什麼？

20＿＿ _____

_____

_____

_____

_____

20＿＿ _____

_____

_____

_____

_____

20＿＿ _____

_____

_____

_____

_____

MARCH 06

待在誰身旁讓你最安心？

20_ _ _ _____

_____

_____

_____

20_ _ _ _____

_____

_____

_____

20_ _ _ _____

_____

_____

_____

MARCH 07

有什麼是別人擁有
而你也很想要的東西？

20＿＿ _____

_____

_____

_____

20＿＿ _____

_____

_____

_____

20＿＿ _____

_____

_____

_____

MARCH 08

你喜歡打電動嗎？

20＿＿

20＿＿

20＿＿

MARCH 09

最近去了哪些新地方?

20＿＿

20＿＿

20＿＿

MARCH 10

今天的天空看起來是什麼樣子？

20＿＿ _____

_____

_____

_____

_____

20＿＿ _____

_____

_____

_____

_____

20＿＿ _____

_____

_____

_____

_____

MARCH  11

最近你希望可以有更多時間
做什麼事？

20__ __ _____

_____

_____

_____

_____

20__ __ _____

_____

_____

_____

_____

20__ __ _____

_____

_____

_____

_____

MARCH 12

如果這個世界交給你統治，
你想改變什麼？

20__ _____

_____

_____

_____

_____

20__ _____

_____

_____

_____

_____

20__ _____

_____

_____

_____

_____

MARCH 13

你喜歡自己的名字嗎?
還是你比較想取別的名字?

20＿＿ _____

_____

_____

_____

_____

20＿＿ _____

_____

_____

_____

_____

20＿＿ _____

_____

_____

_____

_____

MARCH 14

你覺得今天穿的衣服適不適合自己？
怎麼說？

20____ _____

_____

_____

_____

20____ _____

_____

_____

_____

20____ _____

_____

_____

_____

_____

MARCH 15

你身邊有誰老是惹麻煩？
說一說發生了什麼事。

20__ _____

_____

_____

_____

_____

20__ _____

_____

_____

_____

_____

20__ _____

_____

_____

_____

_____

MARCH  16

如果你有一個超大紙箱，
你想拿來做什麼？

20＿＿ _____

_____

_____

_____

20＿＿ _____

_____

_____

_____

20＿＿ _____

_____

_____

_____

MARCH 17

你身上有哪樣東西是綠色的？

20＿＿

20＿＿

20＿＿

MARCH 18

你最喜歡哪一種交通工具？

20＿＿ _____

_____

_____

_____

_____

20＿＿ _____

_____

_____

_____

_____

20＿＿ _____

_____

_____

_____

_____

MARCH 19

生日最棒的事是什麼？

20＿＿ _____

_____

_____

_____

20＿＿ _____

_____

_____

_____

20＿＿ _____

_____

_____

_____

_____

MARCH  20

你聽過最糟糕的工作是什麼？

20___ _____

_____

_____

_____

_____

20___ _____

_____

_____

_____

_____

20___ _____

_____

_____

_____

_____

MARCH 21

這個星期你幫過家人什麼忙？

20＿＿

20＿＿

20＿＿

MARCH 22

最近發生過什麼尷尬的事？

20＿＿ _____

_____

_____

_____

_____

20＿＿ _____

_____

_____

_____

_____

20＿＿ _____

_____

_____

_____

_____

MARCH 23

你和誰在一起最開心？
你們都一起做什麼？

20＿＿＿

20＿＿＿

20＿＿＿

●●●●●●●●●●●●●●●●●●●●●●●●●●●●●●●●

MARCH 24

你惹過麻煩嗎？
說說看當時發生的事。

20＿＿ _____

_____

_____

_____

20＿＿ _____

_____

_____

_____

20＿＿ _____

_____

_____

_____

MARCH 25

你最喜歡大自然裡什麼樣的地方?

20_ _ _

20_ _ _

20_ _ _

MARCH 26

我常常抱怨＿＿＿＿＿＿＿＿。

20＿＿ ＿＿＿＿＿＿＿＿＿＿＿＿＿＿＿＿＿＿＿＿＿＿＿＿＿＿＿＿

20＿＿ ＿＿＿＿＿＿＿＿＿＿＿＿＿＿＿＿＿＿＿＿＿＿＿＿＿＿＿＿

20＿＿ ＿＿＿＿＿＿＿＿＿＿＿＿＿＿＿＿＿＿＿＿＿＿＿＿＿＿＿＿

MARCH 27

你會什麼樂器？你想學什麼樂器？

20＿＿

20＿＿

20＿＿

MARCH 28

你認識年紀最大的人是誰?

20＿＿

20＿＿

20＿＿

MARCH 29

最近會感到寂寞嗎？為什麼？

20＿＿ _____

_____

_____

_____

20＿＿ _____

_____

_____

_____

20＿＿ _____

_____

_____

_____

MARCH 30

從你的窗戶看出去，可以看到什麼？

20＿＿

20＿＿

20＿＿

MARCH 31

哪件事你想忘卻忘不掉？

20＿＿＿

_____

_____

_____

_____

20＿＿＿

_____

_____

_____

_____

20＿＿＿

_____

_____

_____

_____

APRIL 01

你最近有沒有惡作劇？你做了什麼？

20＿＿

20＿＿

20＿＿

APRIL 02

你想擁有什麼樣的超能力？為什麼？

20＿＿

20＿＿

20＿＿

APRIL  03

有或沒有兄弟姊妹最讓你討厭的地方
是什麼？

20＿＿ _____

_____

_____

_____

20＿＿ _____

_____

_____

_____

20＿＿ _____

_____

_____

_____

APRIL 04

你最喜歡穿哪一件衣服？

20_ _ _____

20_ _ _____

20_ _ _____

APRIL 05

如果可以回到古代,你想去哪裡?
為什麼?

20＿＿

20＿＿

20＿＿

APRIL 06

你想告訴媽媽或其他親愛的家人什麼事?

20＿＿ _____

_____

_____

_____

_____

20＿＿ _____

_____

_____

_____

_____

20＿＿ _____

_____

_____

_____

_____

APRIL 07

誰是最瞭解你的人？

20＿＿

20＿＿

20＿＿

APRIL 08

今天有沒有發生難過的事？怎麼了？

20___ _____

_____

_____

_____

_____

20___ _____

_____

_____

_____

_____

20___ _____

_____

_____

_____

_____

APRIL 09

如果＿＿＿＿＿＿＿＿的話，就好了。

20＿＿ ＿＿＿＿＿＿＿＿＿＿＿＿＿＿＿＿＿＿＿＿＿＿＿＿＿＿＿＿＿

＿＿＿＿＿＿＿＿＿＿＿＿＿＿＿＿＿＿＿＿＿＿＿＿＿＿＿＿＿＿＿＿＿

＿＿＿＿＿＿＿＿＿＿＿＿＿＿＿＿＿＿＿＿＿＿＿＿＿＿＿＿＿＿＿＿＿

＿＿＿＿＿＿＿＿＿＿＿＿＿＿＿＿＿＿＿＿＿＿＿＿＿＿＿＿＿＿＿＿＿

＿＿＿＿＿＿＿＿＿＿＿＿＿＿＿＿＿＿＿＿＿＿＿＿＿＿＿＿＿＿＿＿＿

20＿＿ ＿＿＿＿＿＿＿＿＿＿＿＿＿＿＿＿＿＿＿＿＿＿＿＿＿＿＿＿＿

＿＿＿＿＿＿＿＿＿＿＿＿＿＿＿＿＿＿＿＿＿＿＿＿＿＿＿＿＿＿＿＿＿

＿＿＿＿＿＿＿＿＿＿＿＿＿＿＿＿＿＿＿＿＿＿＿＿＿＿＿＿＿＿＿＿＿

＿＿＿＿＿＿＿＿＿＿＿＿＿＿＿＿＿＿＿＿＿＿＿＿＿＿＿＿＿＿＿＿＿

＿＿＿＿＿＿＿＿＿＿＿＿＿＿＿＿＿＿＿＿＿＿＿＿＿＿＿＿＿＿＿＿＿

20＿＿ ＿＿＿＿＿＿＿＿＿＿＿＿＿＿＿＿＿＿＿＿＿＿＿＿＿＿＿＿＿

＿＿＿＿＿＿＿＿＿＿＿＿＿＿＿＿＿＿＿＿＿＿＿＿＿＿＿＿＿＿＿＿＿

＿＿＿＿＿＿＿＿＿＿＿＿＿＿＿＿＿＿＿＿＿＿＿＿＿＿＿＿＿＿＿＿＿

＿＿＿＿＿＿＿＿＿＿＿＿＿＿＿＿＿＿＿＿＿＿＿＿＿＿＿＿＿＿＿＿＿

＿＿＿＿＿＿＿＿＿＿＿＿＿＿＿＿＿＿＿＿＿＿＿＿＿＿＿＿＿＿＿＿＿

APRIL 10

你最近做過什麼環保的事？

20＿＿

20＿＿

20＿＿

APRIL 11

你猜一大罐牛奶／一輛車／你的運動鞋，
分別要多少錢？

20＿＿

20＿＿

20＿＿

APRIL **12**

什麼時候你會覺得別人把你忘了？

20____ _____

_____

_____

_____

_____

20____ _____

_____

_____

_____

_____

20____ _____

_____

_____

_____

_____

APRIL 13

你最喜歡哪一個季節？為什麼？

20＿＿

20＿＿

20＿＿

APRIL 14

我最近特別喜歡_____。

20____

_____

_____

_____

_____

_____

20____

_____

_____

_____

_____

_____

20____

_____

_____

_____

_____

_____

APRIL 15

你想向誰看齊？為什麼？

20＿＿

20＿＿

20＿＿

APRIL 16

你想和家人一起做一件事嗎？
是什麼樣的事？

20___

_____

20___

_____

20___

_____

APRIL 17

如果你是一隻狗，你想當哪種狗？

20__ _____

_____

_____

_____

20__ _____

_____

_____

_____

_____

20__ _____

_____

_____

_____

APRIL 18

我討厭＿＿＿＿＿＿＿＿＿。

20＿＿ ＿＿＿＿＿＿＿＿＿＿＿＿＿＿＿＿＿＿＿＿＿

＿＿＿＿＿＿＿＿＿＿＿＿＿＿＿＿＿＿＿＿＿＿＿＿＿＿＿

＿＿＿＿＿＿＿＿＿＿＿＿＿＿＿＿＿＿＿＿＿＿＿＿＿＿＿

＿＿＿＿＿＿＿＿＿＿＿＿＿＿＿＿＿＿＿＿＿＿＿＿＿＿＿

20＿＿ ＿＿＿＿＿＿＿＿＿＿＿＿＿＿＿＿＿＿＿＿＿

＿＿＿＿＿＿＿＿＿＿＿＿＿＿＿＿＿＿＿＿＿＿＿＿＿＿＿

＿＿＿＿＿＿＿＿＿＿＿＿＿＿＿＿＿＿＿＿＿＿＿＿＿＿＿

＿＿＿＿＿＿＿＿＿＿＿＿＿＿＿＿＿＿＿＿＿＿＿＿＿＿＿

20＿＿ ＿＿＿＿＿＿＿＿＿＿＿＿＿＿＿＿＿＿＿＿＿

＿＿＿＿＿＿＿＿＿＿＿＿＿＿＿＿＿＿＿＿＿＿＿＿＿＿＿

＿＿＿＿＿＿＿＿＿＿＿＿＿＿＿＿＿＿＿＿＿＿＿＿＿＿＿

＿＿＿＿＿＿＿＿＿＿＿＿＿＿＿＿＿＿＿＿＿＿＿＿＿＿＿

APRIL 19

哪一種音樂讓你開心?為什麼?

20＿＿ _____

_____

_____

_____

_____

20＿＿ _____

_____

_____

_____

_____

20＿＿ _____

_____

_____

_____

_____

APRIL 20

你說過謊嗎？你說了什麼？

20__ __ _____

_____

_____

_____

_____

20__ __ _____

_____

_____

_____

_____

20__ __ _____

_____

_____

_____

_____

APRIL 21

你想讀誰的心？為什麼？

20＿＿ _____

_____

_____

_____

_____

20＿＿ _____

_____

_____

_____

_____

20＿＿ _____

_____

_____

_____

_____

APRIL **22**

你通常怎麼上學？

20＿＿

_____

_____

_____

_____

20＿＿

_____

_____

_____

_____

20＿＿

_____

_____

_____

_____

APRIL 23

你住在什麼樣的地方？

20＿＿ _____

_____

_____

_____

_____

20＿＿ _____

_____

_____

_____

_____

20＿＿ _____

_____

_____

_____

_____

APRIL 24

害怕的時候，誰會幫你？

20＿＿

20＿＿

20＿＿

●●

APRIL 25

你對什麼樣的事情有自信？

20＿＿ _____

_____

_____

_____

_____

20＿＿ _____

_____

_____

_____

_____

20＿＿ _____

_____

_____

_____

_____

APRIL 26

你想和誰當朋友？為什麼？

20＿＿ _____

_____

_____

_____

20＿＿ _____

_____

_____

_____

20＿＿ _____

_____

_____

_____

APRIL 27

你今天放學後做了什麼？

20＿＿ _____

_____

_____

_____

_____

20＿＿ _____

_____

_____

_____

_____

20＿＿ _____

_____

_____

_____

_____

APRIL 28

你最喜歡什麼顏色？
那個顏色讓你想起什麼？

20＿＿ _____

_____

_____

_____

_____

20＿＿ _____

_____

_____

_____

_____

20＿＿ _____

_____

_____

_____

_____

APRIL 29

你家都住了哪些人？

20____ _____

_____

_____

_____

_____

20____ _____

_____

_____

_____

_____

20____ _____

_____

_____

_____

_____

APRIL 30

你的綽號是什麼？誰會叫你那個綽號？

20＿＿ _____

_____

_____

_____

_____

20＿＿ _____

_____

_____

_____

_____

20＿＿ _____

_____

_____

_____

_____

MAY 01

如果可以任選一種寵物，你想養什麼動物？

20＿＿ ————————————————————————————

———————————————————————————————————

———————————————————————————————————

———————————————————————————————————

———————————————————————————————————

20＿＿ ————————————————————————————

———————————————————————————————————

———————————————————————————————————

———————————————————————————————————

———————————————————————————————————

20＿＿ ————————————————————————————

———————————————————————————————————

———————————————————————————————————

———————————————————————————————————

———————————————————————————————————

MAY 02

你上次生氣的時候，是怎麼冷靜下來的？

20＿＿

20＿＿

20＿＿

MAY 03

你最近下課（或去公園時）喜歡做什麼活動？

20＿＿

20＿＿

20＿＿

MAY 04

你想當幾歲的人？為什麼？

20____ _____

_____

_____

_____

20____ _____

_____

_____

_____

20____ _____

_____

_____

_____

_____

MAY 05

在家時，你最喜歡一天的哪個時間？

20＿＿

20＿＿

20＿＿

MAY 06

有什麼東西你很想要、但不敢開口？

20＿＿

20＿＿

20＿＿

MAY 07

母親節送什麼禮物好呢?

20＿＿ _____

_____

_____

_____

_____

20＿＿ _____

_____

_____

_____

_____

20＿＿ _____

_____

_____

_____

_____

MAY 08

_____會讓我心情不好。

20____ _____

_____

_____

_____

_____

20____ _____

_____

_____

_____

_____

20____ _____

_____

_____

_____

_____

MAY 09

你希望碰到什麼樣的想像生物？

20＿＿

20＿＿

20＿＿

MAY 10

你覺得今天自己像彩虹的哪個顏色？為什麼？

20＿＿ _____

_____

_____

_____

20＿＿ _____

_____

_____

_____

20＿＿ _____

_____

_____

_____

MAY  11

朋友對你好不好？舉個例子說明。

20___ _____

_____

_____

_____

_____

20___ _____

_____

_____

_____

_____

20___ _____

_____

_____

_____

_____

MAY 12

乖乖坐在課堂上是什麼感覺？

20__

20__

20__

MAY 13

你想見到世上哪一個人？

20＿＿ _____

_____

_____

_____

_____

20＿＿ _____

_____

_____

_____

_____

20＿＿ _____

_____

_____

_____

_____

MAY 14

今天中午吃了什麼？好吃嗎？

20＿＿ _____

_____

_____

_____

_____

20＿＿ _____

_____

_____

_____

_____

20＿＿ _____

_____

_____

_____

_____

MAY 15

你覺得什麼東西很危險？為什麼？

20＿＿

20＿＿

20＿＿

MAY 16

夜晚抬頭看星星是什麼感覺？

20＿＿ _____

_____

_____

_____

_____

20＿＿ _____

_____

_____

_____

_____

20＿＿ _____

_____

_____

_____

_____

MAY 17

你有足夠的自由時間嗎？怎麼說？

20＿＿

20＿＿

20＿＿

MAY 18

_____很討厭，每次都_____。

20____ _____

_____

_____

_____

_____

20____ _____

_____

_____

_____

_____

20____ _____

_____

_____

_____

_____

MAY  19

你最喜歡什麼玩具？為什麼？

20＿＿ _____

20＿＿ _____

20＿＿ _____

MAY 20

你做過最瘋狂的事是什麼？

20＿＿

_____

_____

_____

_____

20＿＿

_____

_____

_____

_____

20＿＿

_____

_____

_____

_____

MAY 21

如果你會飛，你想去哪裡？

20___ _____

_____

_____

_____

_____

20___ _____

_____

_____

_____

_____

20___ _____

_____

_____

_____

_____

MAY 22

你長大後想當什麼？

20_ _ _____

_____

_____

_____

_____

20_ _ _____

_____

_____

_____

_____

20_ _ _____

_____

_____

_____

_____

MAY 23

你週末喜歡做什麼？

20___ _____

_____

_____

_____

_____

20___ _____

_____

_____

_____

_____

20___ _____

_____

_____

_____

_____

MAY 24

誰讓你抓狂？為什麼？

20＿＿

20＿＿

20＿＿

MAY 25

你最常使用哪些電子產品（如手機、電動、電腦、電視）？

20＿＿ _____

_____

_____

_____

_____

20＿＿ _____

_____

_____

_____

_____

20＿＿ _____

_____

_____

_____

_____

MAY 26

你很活潑、很安靜，還是介於中間？

20____ _____

_____

_____

_____

_____

20____ _____

_____

_____

_____

_____

20____ _____

_____

_____

_____

_____

MAY 27

我希望可以一整天都在＿＿＿＿＿＿＿＿。

20＿＿ ＿＿＿＿＿＿＿＿＿＿＿＿＿＿＿＿＿＿＿＿＿＿＿

＿＿＿＿＿＿＿＿＿＿＿＿＿＿＿＿＿＿＿＿＿＿＿＿＿＿＿

＿＿＿＿＿＿＿＿＿＿＿＿＿＿＿＿＿＿＿＿＿＿＿＿＿＿＿

＿＿＿＿＿＿＿＿＿＿＿＿＿＿＿＿＿＿＿＿＿＿＿＿＿＿＿

20＿＿ ＿＿＿＿＿＿＿＿＿＿＿＿＿＿＿＿＿＿＿＿＿＿＿

＿＿＿＿＿＿＿＿＿＿＿＿＿＿＿＿＿＿＿＿＿＿＿＿＿＿＿

＿＿＿＿＿＿＿＿＿＿＿＿＿＿＿＿＿＿＿＿＿＿＿＿＿＿＿

＿＿＿＿＿＿＿＿＿＿＿＿＿＿＿＿＿＿＿＿＿＿＿＿＿＿＿

20＿＿ ＿＿＿＿＿＿＿＿＿＿＿＿＿＿＿＿＿＿＿＿＿＿＿

＿＿＿＿＿＿＿＿＿＿＿＿＿＿＿＿＿＿＿＿＿＿＿＿＿＿＿

＿＿＿＿＿＿＿＿＿＿＿＿＿＿＿＿＿＿＿＿＿＿＿＿＿＿＿

＿＿＿＿＿＿＿＿＿＿＿＿＿＿＿＿＿＿＿＿＿＿＿＿＿＿＿

MAY 28

用三個字形容你的家人。

20____

20____

20____

MAY 29

我不想讓朋友知道＿＿＿＿＿＿＿＿。

20＿＿ ＿＿＿＿＿＿＿＿＿＿＿＿＿＿＿＿＿＿＿＿＿＿＿＿＿＿

＿＿＿＿＿＿＿＿＿＿＿＿＿＿＿＿＿＿＿＿＿＿＿＿＿＿＿＿＿＿＿

＿＿＿＿＿＿＿＿＿＿＿＿＿＿＿＿＿＿＿＿＿＿＿＿＿＿＿＿＿＿＿

＿＿＿＿＿＿＿＿＿＿＿＿＿＿＿＿＿＿＿＿＿＿＿＿＿＿＿＿＿＿＿

＿＿＿＿＿＿＿＿＿＿＿＿＿＿＿＿＿＿＿＿＿＿＿＿＿＿＿＿＿＿＿

20＿＿ ＿＿＿＿＿＿＿＿＿＿＿＿＿＿＿＿＿＿＿＿＿＿＿＿＿＿

＿＿＿＿＿＿＿＿＿＿＿＿＿＿＿＿＿＿＿＿＿＿＿＿＿＿＿＿＿＿＿

＿＿＿＿＿＿＿＿＿＿＿＿＿＿＿＿＿＿＿＿＿＿＿＿＿＿＿＿＿＿＿

＿＿＿＿＿＿＿＿＿＿＿＿＿＿＿＿＿＿＿＿＿＿＿＿＿＿＿＿＿＿＿

＿＿＿＿＿＿＿＿＿＿＿＿＿＿＿＿＿＿＿＿＿＿＿＿＿＿＿＿＿＿＿

20＿＿ ＿＿＿＿＿＿＿＿＿＿＿＿＿＿＿＿＿＿＿＿＿＿＿＿＿＿

＿＿＿＿＿＿＿＿＿＿＿＿＿＿＿＿＿＿＿＿＿＿＿＿＿＿＿＿＿＿＿

＿＿＿＿＿＿＿＿＿＿＿＿＿＿＿＿＿＿＿＿＿＿＿＿＿＿＿＿＿＿＿

＿＿＿＿＿＿＿＿＿＿＿＿＿＿＿＿＿＿＿＿＿＿＿＿＿＿＿＿＿＿＿

＿＿＿＿＿＿＿＿＿＿＿＿＿＿＿＿＿＿＿＿＿＿＿＿＿＿＿＿＿＿＿

MAY 30

你最近看過最精彩的電影是哪一部？

20＿＿

20＿＿

20＿＿

MAY 31

你平常要做哪些家事？你喜歡做嗎？

20＿＿ _____

_____

_____

_____

_____

20＿＿ _____

_____

_____

_____

_____

20＿＿ _____

_____

_____

_____

_____

JUNE 01

說出一個你記得的夢。

20＿＿ _____

_____

_____

_____

_____

20＿＿ _____

_____

_____

_____

_____

20＿＿ _____

_____

_____

_____

_____

JUNE 02

你上次哭是什麼時候？為什麼傷心？

20＿＿

20＿＿

20＿＿

JUNE **03**

你喜歡室內還是戶外？為什麼？

20＿＿

20＿＿

20＿＿

JUNE  04

有哪件事你很想說出來、但沒人聽你說？

20＿＿ _____

_____

_____

_____

_____

20＿＿ _____

_____

_____

_____

_____

20＿＿ _____

_____

_____

_____

_____

JUNE 05

你想不想當作家、藝術家、舞蹈家、音樂家
或演員？有多想？

20＿＿

20＿＿

20＿＿

JUNE 06

你非常喜歡哪種氣味？

20＿＿ _____

_____

_____

_____

_____

20＿＿ _____

_____

_____

_____

_____

20＿＿ _____

_____

_____

_____

_____

JUNE 07

你會用哪三個字形容家附近的那一區？

20_ _ _____

_____

_____

_____

20_ _ _____

_____

_____

_____

20_ _ _____

_____

_____

_____

JUNE 08

我嫉妒＿＿＿＿＿，因為＿＿＿＿＿＿＿。

20＿＿ ＿＿＿＿＿＿＿＿＿＿＿＿＿＿＿＿＿＿＿＿＿＿＿＿＿

＿＿＿＿＿＿＿＿＿＿＿＿＿＿＿＿＿＿＿＿＿＿＿＿＿＿＿＿＿＿＿

＿＿＿＿＿＿＿＿＿＿＿＿＿＿＿＿＿＿＿＿＿＿＿＿＿＿＿＿＿＿＿

＿＿＿＿＿＿＿＿＿＿＿＿＿＿＿＿＿＿＿＿＿＿＿＿＿＿＿＿＿＿＿

20＿＿ ＿＿＿＿＿＿＿＿＿＿＿＿＿＿＿＿＿＿＿＿＿＿＿＿＿

＿＿＿＿＿＿＿＿＿＿＿＿＿＿＿＿＿＿＿＿＿＿＿＿＿＿＿＿＿＿＿

＿＿＿＿＿＿＿＿＿＿＿＿＿＿＿＿＿＿＿＿＿＿＿＿＿＿＿＿＿＿＿

＿＿＿＿＿＿＿＿＿＿＿＿＿＿＿＿＿＿＿＿＿＿＿＿＿＿＿＿＿＿＿

20＿＿ ＿＿＿＿＿＿＿＿＿＿＿＿＿＿＿＿＿＿＿＿＿＿＿＿＿

＿＿＿＿＿＿＿＿＿＿＿＿＿＿＿＿＿＿＿＿＿＿＿＿＿＿＿＿＿＿＿

＿＿＿＿＿＿＿＿＿＿＿＿＿＿＿＿＿＿＿＿＿＿＿＿＿＿＿＿＿＿＿

＿＿＿＿＿＿＿＿＿＿＿＿＿＿＿＿＿＿＿＿＿＿＿＿＿＿＿＿＿＿＿

＿＿＿＿＿＿＿＿＿＿＿＿＿＿＿＿＿＿＿＿＿＿＿＿＿＿＿＿＿＿＿

JUNE 09

你比較像出太陽、下雨,還是打雷?
為什麼?

20＿＿ _____

_____

_____

_____

_____

20＿＿ _____

_____

_____

_____

_____

20＿＿ _____

_____

_____

_____

_____

JUNE 10

你認識年紀最小的人是誰?

20＿＿ _____

_____

_____

_____

_____

20＿＿ _____

_____

_____

_____

_____

20＿＿ _____

_____

_____

_____

_____

JUNE 11

如果沒有寒暑假，一整年都要上學，
我會＿＿＿＿＿＿＿＿＿＿＿。

20＿＿ _____

_____

_____

_____

_____

20＿＿ _____

_____

_____

_____

_____

20＿＿ _____

_____

_____

_____

_____

JUNE **12** 如果可以回到過去改變一件事，
你想改變什麼？

20＿＿

20＿＿

20＿＿

JUNE 13

你和朋友有什麼計畫嗎？
你們打算做什麼？

20＿＿ _____

_____

_____

_____

_____

20＿＿ _____

_____

_____

_____

_____

20＿＿ _____

_____

_____

_____

_____

JUNE 14

我想要新的＿＿＿＿＿＿＿，愈快愈好。

20＿＿ ＿＿＿＿＿＿＿＿＿＿＿＿＿＿＿＿＿＿＿＿＿＿＿＿

＿＿＿＿＿＿＿＿＿＿＿＿＿＿＿＿＿＿＿＿＿＿＿＿＿＿＿＿＿＿＿

＿＿＿＿＿＿＿＿＿＿＿＿＿＿＿＿＿＿＿＿＿＿＿＿＿＿＿＿＿＿＿

＿＿＿＿＿＿＿＿＿＿＿＿＿＿＿＿＿＿＿＿＿＿＿＿＿＿＿＿＿＿＿

20＿＿ ＿＿＿＿＿＿＿＿＿＿＿＿＿＿＿＿＿＿＿＿＿＿＿＿

＿＿＿＿＿＿＿＿＿＿＿＿＿＿＿＿＿＿＿＿＿＿＿＿＿＿＿＿＿＿＿

＿＿＿＿＿＿＿＿＿＿＿＿＿＿＿＿＿＿＿＿＿＿＿＿＿＿＿＿＿＿＿

＿＿＿＿＿＿＿＿＿＿＿＿＿＿＿＿＿＿＿＿＿＿＿＿＿＿＿＿＿＿＿

20＿＿ ＿＿＿＿＿＿＿＿＿＿＿＿＿＿＿＿＿＿＿＿＿＿＿＿

＿＿＿＿＿＿＿＿＿＿＿＿＿＿＿＿＿＿＿＿＿＿＿＿＿＿＿＿＿＿＿

＿＿＿＿＿＿＿＿＿＿＿＿＿＿＿＿＿＿＿＿＿＿＿＿＿＿＿＿＿＿＿

＿＿＿＿＿＿＿＿＿＿＿＿＿＿＿＿＿＿＿＿＿＿＿＿＿＿＿＿＿＿＿

JUNE 15

如果能當全球最厲害的人,
你想當哪一種「世界第一」?

20＿＿

20＿＿

20＿＿

JUNE 16

今天很好玩，因為＿＿＿＿＿＿。

20＿＿ _____

_____

_____

_____

_____

20＿＿ _____

_____

_____

_____

_____

20＿＿ _____

_____

_____

_____

_____

JUNE 17

你最喜歡自己臉龐的哪個部分？

20＿＿ _____

_____

_____

_____

_____

20＿＿ _____

_____

_____

_____

_____

20＿＿ _____

_____

_____

_____

_____

JUNE 18

哪件事不公平？

20＿＿ _____

_____

_____

_____

_____

20＿＿ _____

_____

_____

_____

_____

20＿＿ _____

_____

_____

_____

_____

JUNE 19

你會為了哪些小事感到快樂？

20＿＿ _____

_____

_____

_____

_____

20＿＿ _____

_____

_____

_____

_____

20＿＿ _____

_____

_____

_____

_____

JUNE  20

_____讓我覺得好奇怪。

20＿＿ _____

_____

_____

_____

_____

20＿＿ _____

_____

_____

_____

_____

20＿＿ _____

_____

_____

_____

_____

JUNE **21**

有人不肯跟你玩嗎？怎麼了？

20＿＿

20＿＿

20＿＿

JUNE 22

你想學什麼語言？為什麼？

20＿＿

_____

20＿＿

_____

20＿＿

_____

JUNE 23

最近自己做過什麼東西？

20＿＿ _____

_____

_____

_____

_____

20＿＿ _____

_____

_____

_____

_____

20＿＿ _____

_____

_____

_____

_____

JUNE 24

我希望家裡的人可以＿＿＿＿＿＿＿＿。

20＿＿ _____

20＿＿ _____

20＿＿ _____

JUNE 25

你欺負過別人嗎？發生了什麼事？

20＿＿

20＿＿

20＿＿

JUNE 26

你比較喜歡早上還是晚上？為什麼？

20____ _____

_____

_____

_____

_____

20____ _____

_____

_____

_____

_____

20____ _____

_____

_____

_____

_____

JUNE 27

你討厭什麼？為什麼？

20___ _____

_____

_____

_____

_____

20___ _____

_____

_____

_____

_____

20___ _____

_____

_____

_____

_____

_____

JUNE 28

獲勝對你來說很重要嗎？怎麼說？

20＿＿ _____

_____

_____

_____

_____

20＿＿ _____

_____

_____

_____

_____

20＿＿ _____

_____

_____

_____

_____

JUNE 29

你收過最棒的禮物是什麼？

20＿＿

20＿＿

20＿＿

JUNE 30

什麼事讓你想哭？

20__ _____

_____

_____

_____

_____

20__ _____

_____

_____

_____

_____

20__ _____

_____

_____

_____

_____

JULY 01

你喜歡和哪位親戚聊天?為什麼?

20_ _ _____

_____

_____

_____

_____

20_ _ _____

_____

_____

_____

_____

20_ _ _____

_____

_____

_____

_____

JULY  02

我穿或戴_____的時候，心情很好。

20___ _____

_____

_____

_____

_____

20___ _____

_____

_____

_____

_____

20___ _____

_____

_____

_____

_____

JULY 03

你有不吃的東西嗎？

20＿＿

20＿＿

20＿＿

JULY 04

你最近和誰一起玩？

20＿＿ _____

_____

_____

_____

_____

20＿＿ _____

_____

_____

_____

_____

20＿＿ _____

_____

_____

_____

_____

JULY 05

如果有一天可以隨心所欲做自己想做的事，
你想做什麼？

20＿＿ _____

_____

_____

_____

_____

20＿＿ _____

_____

_____

_____

_____

20＿＿ _____

_____

_____

_____

_____

JULY 06

你怕黑嗎？為什麼怕？為什麼不怕？

20＿＿

20＿＿

20＿＿

JULY 07

＿＿＿＿＿＿對我很好，因為＿＿＿＿＿＿。

20＿＿ ＿＿＿＿＿＿＿＿＿＿＿＿＿＿＿＿＿＿＿＿＿＿＿＿＿

＿＿＿＿＿＿＿＿＿＿＿＿＿＿＿＿＿＿＿＿＿＿＿＿＿＿＿＿＿＿＿

＿＿＿＿＿＿＿＿＿＿＿＿＿＿＿＿＿＿＿＿＿＿＿＿＿＿＿＿＿＿＿

＿＿＿＿＿＿＿＿＿＿＿＿＿＿＿＿＿＿＿＿＿＿＿＿＿＿＿＿＿＿＿

＿＿＿＿＿＿＿＿＿＿＿＿＿＿＿＿＿＿＿＿＿＿＿＿＿＿＿＿＿＿＿

20＿＿ ＿＿＿＿＿＿＿＿＿＿＿＿＿＿＿＿＿＿＿＿＿＿＿＿＿

＿＿＿＿＿＿＿＿＿＿＿＿＿＿＿＿＿＿＿＿＿＿＿＿＿＿＿＿＿＿＿

＿＿＿＿＿＿＿＿＿＿＿＿＿＿＿＿＿＿＿＿＿＿＿＿＿＿＿＿＿＿＿

＿＿＿＿＿＿＿＿＿＿＿＿＿＿＿＿＿＿＿＿＿＿＿＿＿＿＿＿＿＿＿

20＿＿ ＿＿＿＿＿＿＿＿＿＿＿＿＿＿＿＿＿＿＿＿＿＿＿＿＿

＿＿＿＿＿＿＿＿＿＿＿＿＿＿＿＿＿＿＿＿＿＿＿＿＿＿＿＿＿＿＿

＿＿＿＿＿＿＿＿＿＿＿＿＿＿＿＿＿＿＿＿＿＿＿＿＿＿＿＿＿＿＿

＿＿＿＿＿＿＿＿＿＿＿＿＿＿＿＿＿＿＿＿＿＿＿＿＿＿＿＿＿＿＿

＿＿＿＿＿＿＿＿＿＿＿＿＿＿＿＿＿＿＿＿＿＿＿＿＿＿＿＿＿＿＿

JULY **08**

你喜歡哪三個字念起來的聲音？

20＿＿ _____

_____

_____

_____

_____

20＿＿ _____

_____

_____

_____

_____

20＿＿ _____

_____

_____

_____

_____

JULY 09

你後悔自己說過某句話嗎？你說了什麼？

20_____

_____

_____

_____

_____

20_____

_____

_____

_____

_____

20_____

_____

_____

_____

_____

JULY 10

今天最棒的事情是？

20＿＿ _____

_____

_____

_____

_____

20＿＿ _____

_____

_____

_____

_____

20＿＿ _____

_____

_____

_____

_____

JULY **11**

你上次想「算了」是什麼時候？
後來真的放棄了嗎？

20___ _____

_____

_____

_____

_____

20___ _____

_____

_____

_____

_____

20___ _____

_____

_____

_____

_____

JULY 12

別人吃的什麼點心讓你流口水？

20＿＿ _____

_____

_____

_____

20＿＿ _____

_____

_____

_____

20＿＿ _____

_____

_____

_____

JULY 13

你喜歡驚喜嗎?說說看。

20___ _____

_____

_____

_____

_____

20___ _____

_____

_____

_____

_____

20___ _____

_____

_____

_____

_____

JULY 14

如果能幫助世界上其他地方的孩子，
你會做什麼？

20＿＿ _____

_____

_____

_____

_____

20＿＿ _____

_____

_____

_____

_____

20＿＿ _____

_____

_____

_____

_____

JULY **15**

你最近喜歡哪一本書？

20＿＿

20＿＿

20＿＿

JULY 16

最近交了新朋友嗎？是誰？

20＿＿ _____

_____

_____

_____

_____

20＿＿ _____

_____

_____

_____

_____

20＿＿ _____

_____

_____

_____

_____

JULY 17

你最喜歡吃哪種垃圾食物？

20＿＿

20＿＿

20＿＿

JULY 18

你現在最想達成的兩個願望是？

20＿＿

20＿＿

20＿＿

JULY 19

你喜歡安全，還是冒險？

20_ _

20_ _

20_ _

JULY

_____好好笑！

20_____ _____

_____

_____

_____

_____

20_____ _____

_____

_____

_____

_____

20_____ _____

_____

_____

_____

_____

JULY 21

你想怎麼布置你的房間？

20＿＿

20＿＿

20＿＿

 **JULY 22**

睡覺醒來時，你都想些什麼？

20＿＿ _____

_____

_____

_____

_____

20＿＿ _____

_____

_____

_____

_____

20＿＿ _____

_____

_____

_____

_____

JULY 23

你很珍惜自己的哪樣東西?

20＿＿＿

20＿＿＿

20＿＿＿

JULY 24

最近做過噩夢嗎？夢見了什麼？

20＿＿ _____

_____

_____

_____

_____

20＿＿ _____

_____

_____

_____

_____

20＿＿ _____

_____

_____

_____

_____

JULY **25**

如果有＿＿＿＿＿＿的話，就好了。

20＿＿

20＿＿

20＿＿

JULY  26

介紹家裡的寵物，或是自己想養什麼寵物。

20＿＿ _____

_____

_____

_____

_____

20＿＿ _____

_____

_____

_____

_____

20＿＿ _____

_____

_____

_____

_____

JULY 27

你最近用自己的錢買了什麼?

20＿＿

20＿＿

20＿＿

JULY 28

家人會吵吵鬧鬧嗎？是什麼樣的情況？

20_ _ _ _____

_____

_____

_____

_____

20_ _ _ _____

_____

_____

_____

_____

20_ _ _ _____

_____

_____

_____

_____

JULY 29

你看到蜘蛛有什麼感覺？

20_ _ _____

_____

_____

_____

_____

20_ _ _____

_____

_____

_____

_____

20_ _ _____

_____

_____

_____

_____

JULY 30

除了爸媽，你最近和哪個大人講過話？

20＿＿ _____

_____

_____

_____

_____

20＿＿ _____

_____

_____

_____

_____

20＿＿ _____

_____

_____

_____

_____

JULY 31

請用三個字形容你最好的朋友。

20__ _____

_____

_____

_____

20__ _____

_____

_____

_____

_____

20__ _____

_____

_____

_____

AUGUST  01

我希望晚上可以＿＿＿點才睡。

20＿＿

20＿＿

20＿＿

AUGUST 02

露營跟看電影讓你選的話，
你會選哪一個？

20＿＿ _____

_____

_____

_____

_____

20＿＿ _____

_____

_____

_____

_____

20＿＿ _____

_____

_____

_____

_____

你演奏樂器或畫畫時有什麼感覺？

20＿＿

20＿＿

20＿＿

AUGUST 04

一個人比較安全，還是旁邊有人比較安全？說說你的想法。

20__ __

20__ __

20__ __

AUGUST 05

哪首歌符合你的心情？怎麼說？

20＿＿

20＿＿

20＿＿

AUGUST  06

你最近發現了什麼好東西?

20_ _ _____

_____

_____

_____

_____

20_ _ _____

_____

_____

_____

_____

20_ _ _____

_____

_____

_____

_____

AUGUST 💬07

父親節送什麼禮物好呢？

20__ __ _____

_____

_____

_____

_____

20__ __ _____

_____

_____

_____

_____

20__ __ _____

_____

_____

_____

_____

AUGUST 08

有人在氣你嗎？是誰？為什麼？

20___ _____

_____

_____

_____

_____

20___ _____

_____

_____

_____

_____

20___ _____

_____

_____

_____

_____

AUGUST **09**

你喜歡搜集什麼？

20__ __ _____

_____

_____

_____

_____

20__ __ _____

_____

_____

_____

_____

20__ __ _____

_____

_____

_____

_____

AUGUST 10

你上次去朋友家是什麼時候？

20＿＿

20＿＿

20＿＿

AUGUST 11

你想學什麼？

20_ _ _ _____

_____

_____

_____

_____

20_ _ _ _____

_____

_____

_____

_____

20_ _ _ _____

_____

_____

_____

_____

AUGUST 12

你會說髒話嗎？為什麼？

20＿＿ _____

20＿＿ _____

20＿＿ _____

AUGUST  13

有哪件瘋狂的事你很想做、
但一直沒做?

20＿＿ _____

_____

_____

_____

_____

20＿＿ _____

_____

_____

_____

_____

20＿＿ _____

_____

_____

_____

_____

AUGUST 14

你想玩什麼遊戲？

20＿＿

20＿＿

20＿＿

AUGUST 15

早上起床的時候，心情怎麼樣？

20__ __ _____

_____

_____

_____

_____

20__ __ _____

_____

_____

_____

_____

20__ __ _____

_____

_____

_____

_____

AUGUST 16

說說你某次生病的經驗。

20＿＿

20＿＿

20＿＿

AUGUST 17

你比較想穿越時空，
還是造訪外太空？為什麼？

20＿＿ _____

_____

_____

_____

_____

20＿＿ _____

_____

_____

_____

_____

20＿＿ _____

_____

_____

_____

_____

AUGUST 18

你喜歡到朋友家過夜嗎？

20＿＿＿

20＿＿＿

20＿＿＿

AUGUST 19

你比較喜歡做事，
還是到處溜達放鬆？

20＿＿ _____

_____

_____

_____

_____

20＿＿ _____

_____

_____

_____

_____

20＿＿ _____

_____

_____

_____

_____

AUGUST  20

你已經太大，不適合玩什麼玩具？

20___

20___

20___

AUGUST 21

什麼事會讓你笑出來？

20_ _ _____

_____

_____

_____

_____

20_ _ _____

_____

_____

_____

_____

20_ _ _____

_____

_____

_____

_____

AUGUST 22

你上次嘗試新事物是什麼時候？
試了什麼？

20＿＿

20＿＿

20＿＿

AUGUST 23

有兄弟姊妹是什麼樣的感覺？

20＿＿＿＿＿＿＿＿＿＿＿＿＿＿＿＿＿＿＿＿＿＿＿＿＿＿＿＿

＿＿＿＿＿＿＿＿＿＿＿＿＿＿＿＿＿＿＿＿＿＿＿＿＿＿＿＿＿＿

＿＿＿＿＿＿＿＿＿＿＿＿＿＿＿＿＿＿＿＿＿＿＿＿＿＿＿＿＿＿

＿＿＿＿＿＿＿＿＿＿＿＿＿＿＿＿＿＿＿＿＿＿＿＿＿＿＿＿＿＿

20＿＿＿＿＿＿＿＿＿＿＿＿＿＿＿＿＿＿＿＿＿＿＿＿＿＿＿＿

＿＿＿＿＿＿＿＿＿＿＿＿＿＿＿＿＿＿＿＿＿＿＿＿＿＿＿＿＿＿

＿＿＿＿＿＿＿＿＿＿＿＿＿＿＿＿＿＿＿＿＿＿＿＿＿＿＿＿＿＿

＿＿＿＿＿＿＿＿＿＿＿＿＿＿＿＿＿＿＿＿＿＿＿＿＿＿＿＿＿＿

＿＿＿＿＿＿＿＿＿＿＿＿＿＿＿＿＿＿＿＿＿＿＿＿＿＿＿＿＿＿

20＿＿＿＿＿＿＿＿＿＿＿＿＿＿＿＿＿＿＿＿＿＿＿＿＿＿＿＿

＿＿＿＿＿＿＿＿＿＿＿＿＿＿＿＿＿＿＿＿＿＿＿＿＿＿＿＿＿＿

＿＿＿＿＿＿＿＿＿＿＿＿＿＿＿＿＿＿＿＿＿＿＿＿＿＿＿＿＿＿

＿＿＿＿＿＿＿＿＿＿＿＿＿＿＿＿＿＿＿＿＿＿＿＿＿＿＿＿＿＿

＿＿＿＿＿＿＿＿＿＿＿＿＿＿＿＿＿＿＿＿＿＿＿＿＿＿＿＿＿＿

AUGUST 24

你最近有沒有受傷？發生了什麼事？

20＿＿ ＿＿＿＿＿＿＿＿＿＿＿＿＿＿＿＿＿＿＿＿＿

＿＿＿＿＿＿＿＿＿＿＿＿＿＿＿＿＿＿＿＿＿＿＿＿＿

＿＿＿＿＿＿＿＿＿＿＿＿＿＿＿＿＿＿＿＿＿＿＿＿＿

＿＿＿＿＿＿＿＿＿＿＿＿＿＿＿＿＿＿＿＿＿＿＿＿＿

＿＿＿＿＿＿＿＿＿＿＿＿＿＿＿＿＿＿＿＿＿＿＿＿＿

20＿＿ ＿＿＿＿＿＿＿＿＿＿＿＿＿＿＿＿＿＿＿＿＿

＿＿＿＿＿＿＿＿＿＿＿＿＿＿＿＿＿＿＿＿＿＿＿＿＿

＿＿＿＿＿＿＿＿＿＿＿＿＿＿＿＿＿＿＿＿＿＿＿＿＿

＿＿＿＿＿＿＿＿＿＿＿＿＿＿＿＿＿＿＿＿＿＿＿＿＿

＿＿＿＿＿＿＿＿＿＿＿＿＿＿＿＿＿＿＿＿＿＿＿＿＿

20＿＿ ＿＿＿＿＿＿＿＿＿＿＿＿＿＿＿＿＿＿＿＿＿

＿＿＿＿＿＿＿＿＿＿＿＿＿＿＿＿＿＿＿＿＿＿＿＿＿

＿＿＿＿＿＿＿＿＿＿＿＿＿＿＿＿＿＿＿＿＿＿＿＿＿

＿＿＿＿＿＿＿＿＿＿＿＿＿＿＿＿＿＿＿＿＿＿＿＿＿

＿＿＿＿＿＿＿＿＿＿＿＿＿＿＿＿＿＿＿＿＿＿＿＿＿

AUGUST 25

你很喜歡某個人嗎？是誰呢？

20＿＿ _____

_____

_____

_____

_____

20＿＿ _____

_____

_____

_____

_____

20＿＿ _____

_____

_____

_____

_____

AUGUST 26

沒人知道我＿＿＿＿＿＿＿。

20＿＿ _____

_____

_____

_____

_____

20＿＿ _____

_____

_____

_____

_____

20＿＿ _____

_____

_____

_____

_____

AUGUST 27

你喜歡哪一種蟲？討厭哪一種？

20＿＿

20＿＿

20＿＿

AUGUST 28

我沒想到＿＿＿＿＿＿＿＿。

20＿＿＿＿＿＿＿＿＿＿＿＿＿＿＿＿＿＿＿＿＿＿＿＿＿＿＿

＿＿＿＿＿＿＿＿＿＿＿＿＿＿＿＿＿＿＿＿＿＿＿＿＿＿＿＿＿＿＿

＿＿＿＿＿＿＿＿＿＿＿＿＿＿＿＿＿＿＿＿＿＿＿＿＿＿＿＿＿＿＿

＿＿＿＿＿＿＿＿＿＿＿＿＿＿＿＿＿＿＿＿＿＿＿＿＿＿＿＿＿＿＿

＿＿＿＿＿＿＿＿＿＿＿＿＿＿＿＿＿＿＿＿＿＿＿＿＿＿＿＿＿＿＿

20＿＿＿＿＿＿＿＿＿＿＿＿＿＿＿＿＿＿＿＿＿＿＿＿＿＿＿

＿＿＿＿＿＿＿＿＿＿＿＿＿＿＿＿＿＿＿＿＿＿＿＿＿＿＿＿＿＿＿

＿＿＿＿＿＿＿＿＿＿＿＿＿＿＿＿＿＿＿＿＿＿＿＿＿＿＿＿＿＿＿

＿＿＿＿＿＿＿＿＿＿＿＿＿＿＿＿＿＿＿＿＿＿＿＿＿＿＿＿＿＿＿

＿＿＿＿＿＿＿＿＿＿＿＿＿＿＿＿＿＿＿＿＿＿＿＿＿＿＿＿＿＿＿

20＿＿＿＿＿＿＿＿＿＿＿＿＿＿＿＿＿＿＿＿＿＿＿＿＿＿＿

＿＿＿＿＿＿＿＿＿＿＿＿＿＿＿＿＿＿＿＿＿＿＿＿＿＿＿＿＿＿＿

＿＿＿＿＿＿＿＿＿＿＿＿＿＿＿＿＿＿＿＿＿＿＿＿＿＿＿＿＿＿＿

＿＿＿＿＿＿＿＿＿＿＿＿＿＿＿＿＿＿＿＿＿＿＿＿＿＿＿＿＿＿＿

＿＿＿＿＿＿＿＿＿＿＿＿＿＿＿＿＿＿＿＿＿＿＿＿＿＿＿＿＿＿＿

AUGUST 29

你喜歡兩個人玩，
還是和一大群人玩？

20＿＿ _____

_____

_____

_____

_____

20＿＿ _____

_____

_____

_____

_____

20＿＿ _____

_____

_____

_____

_____

AUGUST 30

你覺得哪條家規沒意義？

20＿＿

_____

_____

_____

_____

_____

20＿＿

_____

_____

_____

_____

_____

20＿＿

_____

_____

_____

_____

_____

AUGUST 31

你喜歡唱哪首歌？為什麼？

20＿＿ _____

_____

_____

_____

_____

20＿＿ _____

_____

_____

_____

_____

20＿＿ _____

_____

_____

_____

_____

SEPTEMBER 01

你一直想著某件事嗎？
是什麼事？

20＿＿ _____

_____

_____

_____

_____

20＿＿ _____

_____

_____

_____

_____

20＿＿ _____

_____

_____

_____

_____

SEPTEMBER 02

你喜歡烹飪嗎？
你最喜歡煮什麼？

20＿＿

20＿＿

20＿＿

SEPTEMBER 03

你想抱抱誰？為什麼？

20＿＿ _____

_____

_____

_____

_____

20＿＿ _____

_____

_____

_____

_____

20＿＿ _____

_____

_____

_____

_____

SEPTEMBER 04

你有沒有辦法直接告訴別人
「我不想要那樣」？
還是很難說出口？

20＿＿

20＿＿

20＿＿

SEPTEMBER 05

我房間最糟糕的地方就是＿＿＿＿＿＿＿。

20＿＿

20＿＿

20＿＿

SEPTEMBER 06

你是孩子王嗎？
還是追隨者？

20＿＿

20＿＿

20＿＿

SEPTEMBER 07

如果別人可以看見你心裡在
想什麼，他們會看到什麼？

20＿＿ _____

_____

_____

_____

_____

20＿＿ _____

_____

_____

_____

_____

20＿＿ _____

_____

_____

_____

_____

SEPTEMBER 08

講一部你討厭的電影，
解釋自己為什麼不喜歡。

20＿＿

20＿＿

20＿＿

SEPTEMBER 09

你很滿意自己的哪件事?

20＿＿

20＿＿

20＿＿

SEPTEMBER

 10

當你覺得害怕時，
如何幫自己加油打氣？

20＿＿ _____

_____

_____

_____

_____

20＿＿ _____

_____

_____

_____

_____

20＿＿ _____

_____

_____

_____

_____

SEPTEMBER 11

你比較喜歡畫畫，
還是騎車？

20___ ___ _____

_____

_____

_____

_____

20___ ___ _____

_____

_____

_____

_____

20___ ___ _____

_____

_____

_____

_____

SEPTEMBER 12

你希望誰跟你坐在房間裡
一起聊天?

20_ _ _____

_____

_____

_____

_____

20_ _ _____

_____

_____

_____

_____

20_ _ _____

_____

_____

_____

_____

SEPTEMBER  13

什麼事讓你緊張？為什麼？

20＿＿ _____

_____

_____

_____

_____

20＿＿ _____

_____

_____

_____

_____

20＿＿ _____

_____

_____

_____

_____

SEPTEMBER 14

有人不肯分享時，
你會怎麼做？

20＿＿

20＿＿

20＿＿

SEPTEMBER  15

你最喜歡喝什麼飲料？
為什麼？

20＿＿

20＿＿

20＿＿

SEPTEMBER 16

你覺得誰很勇敢？為什麼？

20＿＿

20＿＿

20＿＿

SEPTEMBER  17

你喜歡寫作業嗎？

20___ _____

_____

_____

_____

_____

20___ _____

_____

_____

_____

_____

20___ _____

_____

_____

_____

_____

SEPTEMBER 18

_____不瞭解我，
他都_____。

20____ _____

_____

_____

_____

20____ _____

_____

_____

_____

20____ _____

_____

_____

_____

SEPTEMBER 19

天底下最笨的人是誰？
為什麼他很笨？

20＿＿

20＿＿

20＿＿

SEPTEMBER 20

你喜歡把自己弄得
髒兮兮嗎？為什麼？

20＿＿ _____

_____

_____

_____

20＿＿ _____

_____

_____

_____

20＿＿ _____

_____

_____

_____

SEPTEMBER 21

你覺得自己很幸運嗎？
怎麼說？

20＿＿＿

20＿＿＿

20＿＿＿

SEPTEMBER

你喜歡哪一種動物？

20＿＿＿＿＿＿＿＿＿＿＿＿＿＿＿＿＿＿＿＿＿＿＿＿＿＿

＿＿＿＿＿＿＿＿＿＿＿＿＿＿＿＿＿＿＿＿＿＿＿＿＿＿＿＿＿

＿＿＿＿＿＿＿＿＿＿＿＿＿＿＿＿＿＿＿＿＿＿＿＿＿＿＿＿＿

＿＿＿＿＿＿＿＿＿＿＿＿＿＿＿＿＿＿＿＿＿＿＿＿＿＿＿＿＿

20＿＿＿＿＿＿＿＿＿＿＿＿＿＿＿＿＿＿＿＿＿＿＿＿＿＿

＿＿＿＿＿＿＿＿＿＿＿＿＿＿＿＿＿＿＿＿＿＿＿＿＿＿＿＿＿

＿＿＿＿＿＿＿＿＿＿＿＿＿＿＿＿＿＿＿＿＿＿＿＿＿＿＿＿＿

＿＿＿＿＿＿＿＿＿＿＿＿＿＿＿＿＿＿＿＿＿＿＿＿＿＿＿＿＿

20＿＿＿＿＿＿＿＿＿＿＿＿＿＿＿＿＿＿＿＿＿＿＿＿＿＿

＿＿＿＿＿＿＿＿＿＿＿＿＿＿＿＿＿＿＿＿＿＿＿＿＿＿＿＿＿

＿＿＿＿＿＿＿＿＿＿＿＿＿＿＿＿＿＿＿＿＿＿＿＿＿＿＿＿＿

＿＿＿＿＿＿＿＿＿＿＿＿＿＿＿＿＿＿＿＿＿＿＿＿＿＿＿＿＿

SEPTEMBER 23

長大最棒的事就是
＿＿＿＿＿＿＿＿。

20＿＿ ＿＿＿＿＿＿＿＿＿＿＿＿＿＿＿＿＿＿＿＿

＿＿＿＿＿＿＿＿＿＿＿＿＿＿＿＿＿＿＿＿＿＿＿

＿＿＿＿＿＿＿＿＿＿＿＿＿＿＿＿＿＿＿＿＿＿＿

＿＿＿＿＿＿＿＿＿＿＿＿＿＿＿＿＿＿＿＿＿＿＿

20＿＿ ＿＿＿＿＿＿＿＿＿＿＿＿＿＿＿＿＿＿＿＿

＿＿＿＿＿＿＿＿＿＿＿＿＿＿＿＿＿＿＿＿＿＿＿

＿＿＿＿＿＿＿＿＿＿＿＿＿＿＿＿＿＿＿＿＿＿＿

＿＿＿＿＿＿＿＿＿＿＿＿＿＿＿＿＿＿＿＿＿＿＿

20＿＿ ＿＿＿＿＿＿＿＿＿＿＿＿＿＿＿＿＿＿＿＿

＿＿＿＿＿＿＿＿＿＿＿＿＿＿＿＿＿＿＿＿＿＿＿

＿＿＿＿＿＿＿＿＿＿＿＿＿＿＿＿＿＿＿＿＿＿＿

＿＿＿＿＿＿＿＿＿＿＿＿＿＿＿＿＿＿＿＿＿＿＿

＿＿＿＿＿＿＿＿＿＿＿＿＿＿＿＿＿＿＿＿＿＿＿

SEPTEMBER 24

你喜歡看哪種書？

20＿＿

20＿＿

20＿＿

SEPTEMBER 25

有人曾經要你做你不想做的
事嗎？發生了什麼事？

20＿＿

20＿＿

20＿＿

SEPTEMBER

今天早餐吃什麼?

20＿＿ _____

_____

_____

_____

20＿＿ _____

_____

_____

_____

20＿＿ _____

_____

_____

_____

SEPTEMBER

我以前討厭＿＿＿＿＿＿＿，
但現在覺得還滿喜歡的。

20＿＿ ＿＿＿＿＿＿＿＿＿＿＿＿＿＿＿＿＿＿＿＿

20＿＿ ＿＿＿＿＿＿＿＿＿＿＿＿＿＿＿＿＿＿＿＿

20＿＿ ＿＿＿＿＿＿＿＿＿＿＿＿＿＿＿＿＿＿＿＿

SEPTEMBER 28

你每次都拖著不想
做什麼事？

20＿＿ _____

_____

_____

_____

_____

20＿＿ _____

_____

_____

_____

_____

20＿＿ _____

_____

_____

_____

_____

SEPTEMBER  29

誰很愛你？

20＿＿ _____

_____

_____

_____

_____

20＿＿ _____

_____

_____

_____

_____

20＿＿ _____

_____

_____

_____

_____

SEPTEMBER 30

你比較喜歡數學，
還是閱讀？

20＿＿ _____

_____

_____

_____

_____

20＿＿ _____

_____

_____

_____

_____

20＿＿ _____

_____

_____

_____

_____

OCTOBER 01

你在擔心誰?為什麼?

20____ _____

20____ _____

20____ _____

OCTOBER 02

完美的一天是什麼樣子？

20＿＿

20＿＿

20＿＿

OCTOBER 03

我希望老師可以＿＿＿＿＿＿＿＿＿。

20＿＿ ＿＿＿＿＿＿＿＿＿＿＿＿＿＿＿＿＿＿＿＿＿＿

＿＿＿＿＿＿＿＿＿＿＿＿＿＿＿＿＿＿＿＿＿＿＿＿＿＿＿＿＿＿

＿＿＿＿＿＿＿＿＿＿＿＿＿＿＿＿＿＿＿＿＿＿＿＿＿＿＿＿＿＿

＿＿＿＿＿＿＿＿＿＿＿＿＿＿＿＿＿＿＿＿＿＿＿＿＿＿＿＿＿＿

＿＿＿＿＿＿＿＿＿＿＿＿＿＿＿＿＿＿＿＿＿＿＿＿＿＿＿＿＿＿

20＿＿ ＿＿＿＿＿＿＿＿＿＿＿＿＿＿＿＿＿＿＿＿＿＿

＿＿＿＿＿＿＿＿＿＿＿＿＿＿＿＿＿＿＿＿＿＿＿＿＿＿＿＿＿＿

＿＿＿＿＿＿＿＿＿＿＿＿＿＿＿＿＿＿＿＿＿＿＿＿＿＿＿＿＿＿

＿＿＿＿＿＿＿＿＿＿＿＿＿＿＿＿＿＿＿＿＿＿＿＿＿＿＿＿＿＿

＿＿＿＿＿＿＿＿＿＿＿＿＿＿＿＿＿＿＿＿＿＿＿＿＿＿＿＿＿＿

20＿＿ ＿＿＿＿＿＿＿＿＿＿＿＿＿＿＿＿＿＿＿＿＿＿

＿＿＿＿＿＿＿＿＿＿＿＿＿＿＿＿＿＿＿＿＿＿＿＿＿＿＿＿＿＿

＿＿＿＿＿＿＿＿＿＿＿＿＿＿＿＿＿＿＿＿＿＿＿＿＿＿＿＿＿＿

＿＿＿＿＿＿＿＿＿＿＿＿＿＿＿＿＿＿＿＿＿＿＿＿＿＿＿＿＿＿

＿＿＿＿＿＿＿＿＿＿＿＿＿＿＿＿＿＿＿＿＿＿＿＿＿＿＿＿＿＿

OCTOBER 04

如果可以開一家製造公司,
你想製造什麼?

20___ _____

_____

_____

_____

_____

20___ _____

_____

_____

_____

_____

20___ _____

_____

_____

_____

_____

OCTOBER 05

你有零用錢嗎?感覺如何?

20＿＿

20＿＿

20＿＿

OCTOBER 06

你最好的朋友是誰？

20＿＿

20＿＿

20＿＿

OCTOBER 07

你的房間有沒有掛你最喜歡的照片、海報或地圖？為什麼喜歡？

20_ _ _____

_____

_____

_____

_____

20_ _ _____

_____

_____

_____

_____

20_ _ _____

_____

_____

_____

_____

OCTOBER 08

我覺得＿＿＿＿＿＿讓我好累。

20＿＿ ＿＿＿＿＿＿＿＿＿＿＿＿＿＿＿＿＿＿＿＿＿＿＿＿＿＿＿＿＿

＿＿＿＿＿＿＿＿＿＿＿＿＿＿＿＿＿＿＿＿＿＿＿＿＿＿＿＿＿＿＿＿＿

＿＿＿＿＿＿＿＿＿＿＿＿＿＿＿＿＿＿＿＿＿＿＿＿＿＿＿＿＿＿＿＿＿

＿＿＿＿＿＿＿＿＿＿＿＿＿＿＿＿＿＿＿＿＿＿＿＿＿＿＿＿＿＿＿＿＿

＿＿＿＿＿＿＿＿＿＿＿＿＿＿＿＿＿＿＿＿＿＿＿＿＿＿＿＿＿＿＿＿＿

20＿＿ ＿＿＿＿＿＿＿＿＿＿＿＿＿＿＿＿＿＿＿＿＿＿＿＿＿＿＿＿＿

＿＿＿＿＿＿＿＿＿＿＿＿＿＿＿＿＿＿＿＿＿＿＿＿＿＿＿＿＿＿＿＿＿

＿＿＿＿＿＿＿＿＿＿＿＿＿＿＿＿＿＿＿＿＿＿＿＿＿＿＿＿＿＿＿＿＿

＿＿＿＿＿＿＿＿＿＿＿＿＿＿＿＿＿＿＿＿＿＿＿＿＿＿＿＿＿＿＿＿＿

＿＿＿＿＿＿＿＿＿＿＿＿＿＿＿＿＿＿＿＿＿＿＿＿＿＿＿＿＿＿＿＿＿

20＿＿ ＿＿＿＿＿＿＿＿＿＿＿＿＿＿＿＿＿＿＿＿＿＿＿＿＿＿＿＿＿

＿＿＿＿＿＿＿＿＿＿＿＿＿＿＿＿＿＿＿＿＿＿＿＿＿＿＿＿＿＿＿＿＿

＿＿＿＿＿＿＿＿＿＿＿＿＿＿＿＿＿＿＿＿＿＿＿＿＿＿＿＿＿＿＿＿＿

＿＿＿＿＿＿＿＿＿＿＿＿＿＿＿＿＿＿＿＿＿＿＿＿＿＿＿＿＿＿＿＿＿

＿＿＿＿＿＿＿＿＿＿＿＿＿＿＿＿＿＿＿＿＿＿＿＿＿＿＿＿＿＿＿＿＿

OCTOBER 09

你很想做什麼事?

20＿＿＿

20＿＿＿

20＿＿＿

OCTOBER 10

你想交男／女朋友嗎？你喜歡誰？

20＿＿＿

20＿＿＿

20＿＿＿

OCTOBER

晚餐你最喜歡吃什麼？

20___ _____

_____

_____

_____

_____

20___ _____

_____

_____

_____

_____

20___ _____

_____

_____

_____

_____

OCTOBER 12

別人騙過你什麼事？

20＿＿ _____

_____

_____

_____

_____

20＿＿ _____

_____

_____

_____

_____

20＿＿ _____

_____

_____

_____

_____

OCTOBER 13

如果我有神奇橡皮擦，
我想擦掉＿＿＿＿＿＿。

20＿＿

20＿＿

20＿＿

OCTOBER 14

你比較像猴子、老虎、狐狸，
還是兔子？

20＿＿

20＿＿

20＿＿

OCTOBER 15

我希望沒人發現我在_____。

20__ __ _____

_____

_____

_____

_____

20__ __ _____

_____

_____

_____

_____

20__ __ _____

_____

_____

_____

_____

 **OCTOBER 16**

你覺得世上有鬼嗎？
說說你的看法。

20____ _____

_____

_____

_____

_____

20____ _____

_____

_____

_____

_____

20____ _____

_____

_____

_____

_____

OCTOBER 17

想一想爸爸或媽媽最重視什麼事？

20＿＿ _____

_____

_____

_____

_____

20＿＿ _____

_____

_____

_____

_____

20＿＿ _____

_____

_____

_____

_____

OCTOBER 18

你現在最想要什麼禮物？

20＿＿ ＿＿＿＿＿＿＿＿＿＿＿＿＿＿＿＿＿＿＿＿＿＿

＿＿＿＿＿＿＿＿＿＿＿＿＿＿＿＿＿＿＿＿＿＿＿＿＿

＿＿＿＿＿＿＿＿＿＿＿＿＿＿＿＿＿＿＿＿＿＿＿＿＿

＿＿＿＿＿＿＿＿＿＿＿＿＿＿＿＿＿＿＿＿＿＿＿＿＿

20＿＿ ＿＿＿＿＿＿＿＿＿＿＿＿＿＿＿＿＿＿＿＿＿＿

＿＿＿＿＿＿＿＿＿＿＿＿＿＿＿＿＿＿＿＿＿＿＿＿＿

＿＿＿＿＿＿＿＿＿＿＿＿＿＿＿＿＿＿＿＿＿＿＿＿＿

＿＿＿＿＿＿＿＿＿＿＿＿＿＿＿＿＿＿＿＿＿＿＿＿＿

20＿＿ ＿＿＿＿＿＿＿＿＿＿＿＿＿＿＿＿＿＿＿＿＿＿

＿＿＿＿＿＿＿＿＿＿＿＿＿＿＿＿＿＿＿＿＿＿＿＿＿

＿＿＿＿＿＿＿＿＿＿＿＿＿＿＿＿＿＿＿＿＿＿＿＿＿

＿＿＿＿＿＿＿＿＿＿＿＿＿＿＿＿＿＿＿＿＿＿＿＿＿

OCTOBER 19

你在生誰的氣嗎？你氣誰？
為什麼？

20____ _____

_____

_____

_____

_____

20____ _____

_____

_____

_____

_____

20____ _____

_____

_____

_____

_____

OCTOBER 20

你最近嘗試過新事物嗎？
試了什麼？

20＿＿ _____

_____

_____

_____

_____

20＿＿ _____

_____

_____

_____

_____

20＿＿ _____

_____

_____

_____

_____

OCTOBER 21

你有敵人嗎？是誰？

20＿＿ _____

_____

_____

_____

_____

20＿＿ _____

_____

_____

_____

_____

20＿＿ _____

_____

_____

_____

_____

OCTOBER 22

你最近吃過什麼蔬菜水果？

20＿＿

20＿＿

20＿＿

OCTOBER 23

你想擺脫或丟掉什麼？

20＿＿

20＿＿

20＿＿

OCTOBER 24

最近看了哪一部電影？

20_ _ _ _____

_____

_____

_____

_____

20_ _ _ _____

_____

_____

_____

_____

20_ _ _ _____

_____

_____

_____

_____

OCTOBER 25

你想告訴爸爸或其他親人什麼事？

20＿＿

_____

_____

_____

_____

20＿＿

_____

_____

_____

_____

20＿＿

_____

_____

_____

_____

OCTOBER 26

我的爺爺奶奶_____。

20____ _____

_____

_____

_____

_____

20____ _____

_____

_____

_____

_____

20____ _____

_____

_____

_____

_____

OCTOBER 27

你很努力做什麼事?

20_ _ _____

_____

_____

_____

_____

20_ _ _____

_____

_____

_____

_____

20_ _ _____

_____

_____

_____

_____

OCTOBER 28

你希望阻止什麼事發生？

20＿＿

20＿＿

20＿＿

OCTOBER  29

爸爸或媽媽會怎麼形容你?

20＿＿ _____

_____

_____

_____

_____

20＿＿ _____

_____

_____

_____

_____

20＿＿ _____

_____

_____

_____

_____

OCTOBER 30

你喜歡整齊還是亂亂的房間？

20＿＿ _____

_____

_____

_____

_____

20＿＿ _____

_____

_____

_____

_____

20＿＿ _____

_____

_____

_____

_____

OCTOBER 31

萬聖節你想扮成什麼角色？
成功了嗎？

20＿＿ _____

_____

_____

_____

20＿＿ _____

_____

_____

_____

20＿＿ _____

_____

_____

_____

NOVEMBER 01

今天我學到＿＿＿＿＿。

20＿＿ ＿＿＿＿＿＿＿＿＿＿＿＿＿＿＿

20＿＿ ＿＿＿＿＿＿＿＿＿＿＿＿＿＿＿

20＿＿ ＿＿＿＿＿＿＿＿＿＿＿＿＿＿＿

NOVEMBER **02**

你有沒有摔斷過骨頭，
或是嚴重受傷？
說說看那次發生什麼事。

20＿＿＿

20＿＿＿

20＿＿＿

NOVEMBER  03

有什麼祕密是只有
你知道的嗎？

20＿＿ ＿＿＿＿＿＿＿＿＿＿＿＿＿＿＿＿＿＿＿＿＿＿＿

＿＿＿＿＿＿＿＿＿＿＿＿＿＿＿＿＿＿＿＿＿＿＿＿＿＿＿

＿＿＿＿＿＿＿＿＿＿＿＿＿＿＿＿＿＿＿＿＿＿＿＿＿＿＿

＿＿＿＿＿＿＿＿＿＿＿＿＿＿＿＿＿＿＿＿＿＿＿＿＿＿＿

＿＿＿＿＿＿＿＿＿＿＿＿＿＿＿＿＿＿＿＿＿＿＿＿＿＿＿

20＿＿ ＿＿＿＿＿＿＿＿＿＿＿＿＿＿＿＿＿＿＿＿＿＿＿

＿＿＿＿＿＿＿＿＿＿＿＿＿＿＿＿＿＿＿＿＿＿＿＿＿＿＿

＿＿＿＿＿＿＿＿＿＿＿＿＿＿＿＿＿＿＿＿＿＿＿＿＿＿＿

＿＿＿＿＿＿＿＿＿＿＿＿＿＿＿＿＿＿＿＿＿＿＿＿＿＿＿

＿＿＿＿＿＿＿＿＿＿＿＿＿＿＿＿＿＿＿＿＿＿＿＿＿＿＿

20＿＿ ＿＿＿＿＿＿＿＿＿＿＿＿＿＿＿＿＿＿＿＿＿＿＿

＿＿＿＿＿＿＿＿＿＿＿＿＿＿＿＿＿＿＿＿＿＿＿＿＿＿＿

＿＿＿＿＿＿＿＿＿＿＿＿＿＿＿＿＿＿＿＿＿＿＿＿＿＿＿

＿＿＿＿＿＿＿＿＿＿＿＿＿＿＿＿＿＿＿＿＿＿＿＿＿＿＿

＿＿＿＿＿＿＿＿＿＿＿＿＿＿＿＿＿＿＿＿＿＿＿＿＿＿＿

NOVEMBER  04

你想當電影或電視裡的
某個角色嗎？

20__ __ _____

_____

_____

_____

_____

20__ __ _____

_____

_____

_____

_____

20__ __ _____

_____

_____

_____

_____

NOVEMBER 05

你喜歡和誰講話？

20＿＿ _____

20＿＿ _____

20＿＿ _____

NOVEMBER 06

這個學年過得如何？
用兩個字形容一下。

20___ _____

20___ _____

20___ _____

NOVEMBER 07

坐車坐很久的時候，
你如何打發時間？

20___ _____

_____

_____

_____

_____

20___ _____

_____

_____

_____

_____

20___ _____

_____

_____

_____

_____

NOVEMBER 08

你最喜歡哪雙鞋？

20＿＿

20＿＿

20＿＿

NOVEMBER 09

今天棒透了，因為
_____ 。

20＿＿ _____

20＿＿ _____

20＿＿ _____

NOVEMBER  10

什麼東西你絕對不肯
給別人？

20＿＿ _____

_____

_____

_____

_____

20＿＿ _____

_____

_____

_____

_____

20＿＿ _____

_____

_____

_____

_____

NOVEMBER 11

如果可以，你想讓誰
起死回生？

20____ _____

_____

_____

_____

_____

20____ _____

_____

_____

_____

_____

20____ _____

_____

_____

_____

_____

NOVEMBER 12

有什麼事或什麼人阻止你
做想做的事嗎？

20＿＿ _____

_____

_____

_____

_____

20＿＿ _____

_____

_____

_____

_____

20＿＿ _____

_____

_____

_____

_____

NOVEMBER 13

你想和家人去哪裡度假？

20＿＿ _____

_____

_____

_____

20＿＿ _____

_____

_____

_____

20＿＿ _____

_____

_____

_____

NOVEMBER 14

你在別人家做過的哪件事，
你也希望在自己家裡做？

20__

_____

_____

_____

_____

20__

_____

_____

_____

_____

20__

_____

_____

_____

_____

NOVEMBER  15

你最喜歡什麼甜點？

20____ _____

_____

_____

_____

_____

20____ _____

_____

_____

_____

_____

20____ _____

_____

_____

_____

_____

NOVEMBER  16

我最怕的兩件事是＿＿＿＿＿
和＿＿＿＿＿。

20＿＿ _____

_____

_____

_____

_____

20＿＿ _____

_____

_____

_____

20＿＿ _____

_____

_____

_____

_____

NOVEMBER 17

形容一下目前身處的房間。

20___ _____

_____

_____

_____

_____

20___ _____

_____

_____

_____

_____

20___ _____

_____

_____

_____

_____

NOVEMBER 18

_____的時候，
我會不耐煩。

20____ _____

_____

_____

_____

_____

20____ _____

_____

_____

_____

_____

20____ _____

_____

_____

_____

_____

NOVEMBER 19

你會給弟弟妹妹什麼建議？

20＿＿ _____

_____

_____

_____

_____

20＿＿ _____

_____

_____

_____

_____

20＿＿ _____

_____

_____

_____

_____

NOVEMBER  20

你生命中最重要的人是誰？

20_ _ _____

_____

_____

_____

_____

20_ _ _____

_____

_____

_____

_____

20_ _ _____

_____

_____

_____

_____

NOVEMBER 21

我＿＿＿＿＿的時候最快樂。

20＿＿ ＿＿＿＿＿＿＿＿＿＿＿＿＿＿＿＿＿＿＿＿＿

20＿＿ ＿＿＿＿＿＿＿＿＿＿＿＿＿＿＿＿＿＿＿＿＿

20＿＿ ＿＿＿＿＿＿＿＿＿＿＿＿＿＿＿＿＿＿＿＿＿

NOVEMBER 22

最近發生的哪件事
讓你嚇一跳？

20_ _ _____

_____

_____

_____

_____

20_ _ _____

_____

_____

_____

_____

20_ _ _____

_____

_____

_____

_____

NOVEMBER 23

你最期待哪一個節日？

20＿＿ _____

_____

_____

_____

_____

20＿＿ _____

_____

_____

_____

_____

20＿＿ _____

_____

_____

_____

_____

NOVEMBER  24

你想和哪位名人講話？

20＿＿

20＿＿

20＿＿

NOVEMBER 25

我最喜歡做的事是
＿＿＿＿＿＿＿＿＿。

20＿＿ ＿＿＿＿＿＿＿＿＿＿＿＿＿＿＿＿＿＿＿＿＿＿＿＿＿＿

＿＿＿＿＿＿＿＿＿＿＿＿＿＿＿＿＿＿＿＿＿＿＿＿＿＿＿＿＿＿＿＿

＿＿＿＿＿＿＿＿＿＿＿＿＿＿＿＿＿＿＿＿＿＿＿＿＿＿＿＿＿＿＿＿

＿＿＿＿＿＿＿＿＿＿＿＿＿＿＿＿＿＿＿＿＿＿＿＿＿＿＿＿＿＿＿＿

＿＿＿＿＿＿＿＿＿＿＿＿＿＿＿＿＿＿＿＿＿＿＿＿＿＿＿＿＿＿＿＿

20＿＿ ＿＿＿＿＿＿＿＿＿＿＿＿＿＿＿＿＿＿＿＿＿＿＿＿＿＿

＿＿＿＿＿＿＿＿＿＿＿＿＿＿＿＿＿＿＿＿＿＿＿＿＿＿＿＿＿＿＿＿

＿＿＿＿＿＿＿＿＿＿＿＿＿＿＿＿＿＿＿＿＿＿＿＿＿＿＿＿＿＿＿＿

＿＿＿＿＿＿＿＿＿＿＿＿＿＿＿＿＿＿＿＿＿＿＿＿＿＿＿＿＿＿＿＿

＿＿＿＿＿＿＿＿＿＿＿＿＿＿＿＿＿＿＿＿＿＿＿＿＿＿＿＿＿＿＿＿

20＿＿ ＿＿＿＿＿＿＿＿＿＿＿＿＿＿＿＿＿＿＿＿＿＿＿＿＿＿

＿＿＿＿＿＿＿＿＿＿＿＿＿＿＿＿＿＿＿＿＿＿＿＿＿＿＿＿＿＿＿＿

＿＿＿＿＿＿＿＿＿＿＿＿＿＿＿＿＿＿＿＿＿＿＿＿＿＿＿＿＿＿＿＿

＿＿＿＿＿＿＿＿＿＿＿＿＿＿＿＿＿＿＿＿＿＿＿＿＿＿＿＿＿＿＿＿

＿＿＿＿＿＿＿＿＿＿＿＿＿＿＿＿＿＿＿＿＿＿＿＿＿＿＿＿＿＿＿＿

NOVEMBER 26

有哪一次你向別人說了
真心話？

20__ __ _____

_____

_____

_____

_____

20__ __ _____

_____

_____

_____

_____

20__ __ _____

_____

_____

_____

_____

NOVEMBER 27

你做事是否盡了全力？
怎麼說？

20＿＿ _____

_____

_____

_____

20＿＿ _____

_____

_____

_____

20＿＿ _____

_____

_____

_____

NOVEMBER 28

你什麼時候傻傻的？

20＿＿ _____

_____

_____

_____

_____

20＿＿ _____

_____

_____

_____

_____

20＿＿ _____

_____

_____

_____

_____

NOVEMBER 29

你通常都準時寫完功課嗎？
怎麼說？

20___ _____

_____

_____

_____

_____

20___ _____

_____

_____

_____

_____

20___ _____

_____

_____

_____

_____

NOVEMBER 30

如果能開一家助人的公司，
你想幫助大家做什麼？

20＿＿ _____

_____

_____

_____

_____

20＿＿ _____

_____

_____

_____

_____

20＿＿ _____

_____

_____

_____

_____

DECEMBER  01

誰最能啟發你?為什麼?

20＿＿

20＿＿

20＿＿

DECEMBER  02

你喜歡爬樹和吊單槓嗎？
爬高讓你有什麼感覺？

20_ _ _____

_____

_____

_____

_____

20_ _ _____

_____

_____

_____

_____

20_ _ _____

_____

_____

_____

_____

DECEMBER 03

用一分到十分打分數，
你有多快樂？

20＿＿ ＿＿＿

＿＿＿

＿＿＿

＿＿＿

＿＿＿

20＿＿ ＿＿＿

＿＿＿

＿＿＿

＿＿＿

＿＿＿

20＿＿ ＿＿＿

＿＿＿

＿＿＿

＿＿＿

＿＿＿

DECEMBER 04

夜晚你如何安定身心，
準備上床睡覺？

20＿＿ _____

_____

_____

_____

_____

20＿＿ _____

_____

_____

_____

_____

20＿＿ _____

_____

_____

_____

_____

DECEMBER  05

說出你生命中很重要的一天。

20__ _____

20__ _____

20__ _____

DECEMBER 06

誰讓你失望了？發生什麼事？

20＿＿ _____

_____

_____

_____

20＿＿ _____

_____

_____

_____

20＿＿ _____

_____

_____

_____

DECEMBER 07

如果今天可以隱形一天，
你想做什麼？

20＿＿

20＿＿

20＿＿

DECEMBER  08

我想要多瞭解＿＿＿＿＿＿＿＿。

20＿＿ ＿＿＿＿＿＿＿＿＿＿＿＿＿＿＿＿＿＿＿＿＿＿＿＿＿

＿＿＿＿＿＿＿＿＿＿＿＿＿＿＿＿＿＿＿＿＿＿＿＿＿＿＿＿＿＿

＿＿＿＿＿＿＿＿＿＿＿＿＿＿＿＿＿＿＿＿＿＿＿＿＿＿＿＿＿＿

＿＿＿＿＿＿＿＿＿＿＿＿＿＿＿＿＿＿＿＿＿＿＿＿＿＿＿＿＿＿

20＿＿ ＿＿＿＿＿＿＿＿＿＿＿＿＿＿＿＿＿＿＿＿＿＿＿＿＿

＿＿＿＿＿＿＿＿＿＿＿＿＿＿＿＿＿＿＿＿＿＿＿＿＿＿＿＿＿＿

＿＿＿＿＿＿＿＿＿＿＿＿＿＿＿＿＿＿＿＿＿＿＿＿＿＿＿＿＿＿

＿＿＿＿＿＿＿＿＿＿＿＿＿＿＿＿＿＿＿＿＿＿＿＿＿＿＿＿＿＿

20＿＿ ＿＿＿＿＿＿＿＿＿＿＿＿＿＿＿＿＿＿＿＿＿＿＿＿＿

＿＿＿＿＿＿＿＿＿＿＿＿＿＿＿＿＿＿＿＿＿＿＿＿＿＿＿＿＿＿

＿＿＿＿＿＿＿＿＿＿＿＿＿＿＿＿＿＿＿＿＿＿＿＿＿＿＿＿＿＿

＿＿＿＿＿＿＿＿＿＿＿＿＿＿＿＿＿＿＿＿＿＿＿＿＿＿＿＿＿＿

DECEMBER  09

如果住哪裡都可以，
你想住哪裡？

20＿＿ _____

_____

_____

_____

_____

20＿＿ _____

_____

_____

_____

_____

20＿＿ _____

_____

_____

_____

_____

DECEMBER 10

你怎麼知道爸爸或媽媽
關心你?

20＿＿

20＿＿

20＿＿

 **DECEMBER 11**

今天學校最有趣的事是？

20＿＿ ＿＿＿＿＿＿＿＿＿＿＿＿＿＿＿＿＿＿＿＿＿＿＿＿＿＿＿

＿＿＿＿＿＿＿＿＿＿＿＿＿＿＿＿＿＿＿＿＿＿＿＿＿＿＿＿＿＿＿＿

＿＿＿＿＿＿＿＿＿＿＿＿＿＿＿＿＿＿＿＿＿＿＿＿＿＿＿＿＿＿＿＿

＿＿＿＿＿＿＿＿＿＿＿＿＿＿＿＿＿＿＿＿＿＿＿＿＿＿＿＿＿＿＿＿

20＿＿ ＿＿＿＿＿＿＿＿＿＿＿＿＿＿＿＿＿＿＿＿＿＿＿＿＿＿＿

＿＿＿＿＿＿＿＿＿＿＿＿＿＿＿＿＿＿＿＿＿＿＿＿＿＿＿＿＿＿＿＿

＿＿＿＿＿＿＿＿＿＿＿＿＿＿＿＿＿＿＿＿＿＿＿＿＿＿＿＿＿＿＿＿

＿＿＿＿＿＿＿＿＿＿＿＿＿＿＿＿＿＿＿＿＿＿＿＿＿＿＿＿＿＿＿＿

20＿＿ ＿＿＿＿＿＿＿＿＿＿＿＿＿＿＿＿＿＿＿＿＿＿＿＿＿＿＿

＿＿＿＿＿＿＿＿＿＿＿＿＿＿＿＿＿＿＿＿＿＿＿＿＿＿＿＿＿＿＿＿

＿＿＿＿＿＿＿＿＿＿＿＿＿＿＿＿＿＿＿＿＿＿＿＿＿＿＿＿＿＿＿＿

＿＿＿＿＿＿＿＿＿＿＿＿＿＿＿＿＿＿＿＿＿＿＿＿＿＿＿＿＿＿＿＿

DECEMBER 12

爸媽不肯讓我＿＿＿＿＿＿。

20＿＿ ＿＿＿＿＿＿＿＿＿＿＿＿＿＿＿＿＿

＿＿＿＿＿＿＿＿＿＿＿＿＿＿＿＿＿＿＿＿＿＿＿

＿＿＿＿＿＿＿＿＿＿＿＿＿＿＿＿＿＿＿＿＿＿＿

＿＿＿＿＿＿＿＿＿＿＿＿＿＿＿＿＿＿＿＿＿＿＿

20＿＿ ＿＿＿＿＿＿＿＿＿＿＿＿＿＿＿＿＿

＿＿＿＿＿＿＿＿＿＿＿＿＿＿＿＿＿＿＿＿＿＿＿

＿＿＿＿＿＿＿＿＿＿＿＿＿＿＿＿＿＿＿＿＿＿＿

＿＿＿＿＿＿＿＿＿＿＿＿＿＿＿＿＿＿＿＿＿＿＿

20＿＿ ＿＿＿＿＿＿＿＿＿＿＿＿＿＿＿＿＿

＿＿＿＿＿＿＿＿＿＿＿＿＿＿＿＿＿＿＿＿＿＿＿

＿＿＿＿＿＿＿＿＿＿＿＿＿＿＿＿＿＿＿＿＿＿＿

＿＿＿＿＿＿＿＿＿＿＿＿＿＿＿＿＿＿＿＿＿＿＿

＿＿＿＿＿＿＿＿＿＿＿＿＿＿＿＿＿＿＿＿＿＿＿

DECEMBER 13

說出你夢想中的祕密基地。

20＿＿

20＿＿

20＿＿

DECEMBER  14

如果有人知道我＿＿＿＿＿＿＿，
他們會覺得我瘋了。

20＿＿ ＿＿＿＿＿＿＿＿＿＿＿＿＿＿＿＿＿＿＿＿＿＿＿＿＿＿＿＿

20＿＿ ＿＿＿＿＿＿＿＿＿＿＿＿＿＿＿＿＿＿＿＿＿＿＿＿＿＿＿＿

20＿＿ ＿＿＿＿＿＿＿＿＿＿＿＿＿＿＿＿＿＿＿＿＿＿＿＿＿＿＿＿

DECEMBER 15

你平常會做什麼樣的白日夢？

20＿＿ _____

_____

_____

_____

_____

20＿＿ _____

_____

_____

_____

_____

20＿＿ _____

_____

_____

_____

_____

DECEMBER 16

我覺得＿＿＿＿＿很無聊，
因為＿＿＿＿＿＿。

20＿＿ ＿＿＿＿＿＿＿＿＿＿＿＿＿＿＿＿＿＿＿

＿＿＿＿＿＿＿＿＿＿＿＿＿＿＿＿＿＿＿＿＿＿＿＿

＿＿＿＿＿＿＿＿＿＿＿＿＿＿＿＿＿＿＿＿＿＿＿＿

＿＿＿＿＿＿＿＿＿＿＿＿＿＿＿＿＿＿＿＿＿＿＿＿

＿＿＿＿＿＿＿＿＿＿＿＿＿＿＿＿＿＿＿＿＿＿＿＿

20＿＿ ＿＿＿＿＿＿＿＿＿＿＿＿＿＿＿＿＿＿＿

＿＿＿＿＿＿＿＿＿＿＿＿＿＿＿＿＿＿＿＿＿＿＿＿

＿＿＿＿＿＿＿＿＿＿＿＿＿＿＿＿＿＿＿＿＿＿＿＿

＿＿＿＿＿＿＿＿＿＿＿＿＿＿＿＿＿＿＿＿＿＿＿＿

20＿＿ ＿＿＿＿＿＿＿＿＿＿＿＿＿＿＿＿＿＿＿

＿＿＿＿＿＿＿＿＿＿＿＿＿＿＿＿＿＿＿＿＿＿＿＿

＿＿＿＿＿＿＿＿＿＿＿＿＿＿＿＿＿＿＿＿＿＿＿＿

＿＿＿＿＿＿＿＿＿＿＿＿＿＿＿＿＿＿＿＿＿＿＿＿

＿＿＿＿＿＿＿＿＿＿＿＿＿＿＿＿＿＿＿＿＿＿＿＿

DECEMBER  17

你喜歡和朋友聊些什麼？

20＿＿ _____

_____

_____

_____

_____

20＿＿ _____

_____

_____

_____

_____

20＿＿ _____

_____

_____

_____

_____

DECEMBER 18

形容一下外頭的天氣。

20＿＿ _____

_____

_____

_____

_____

20＿＿ _____

_____

_____

_____

_____

20＿＿ _____

_____

_____

_____

_____

DECEMBER 19

你今天做了什麼運動？

20____ _____

_____

_____

_____

_____

20____ _____

_____

_____

_____

_____

20____ _____

_____

_____

_____

_____

DECEMBER  20

你坐過飛機或火車嗎？
去了哪裡？好玩嗎？

20＿＿ _____

_____

_____

_____

20＿＿ _____

_____

_____

_____

20＿＿ _____

_____

_____

_____

DECEMBER  21

你最喜歡星期一到星期日的
哪一天？為什麼？

20＿＿ _____

_____

_____

_____

_____

20＿＿ _____

_____

_____

_____

_____

20＿＿ _____

_____

_____

_____

DECEMBER  22

對你來說，世上最糟的事
是什麼？

20__ __ _____

_____

_____

_____

_____

20__ __ _____

_____

_____

_____

_____

20__ __ _____

_____

_____

_____

_____

DECEMBER 23

我希望改掉_____的習慣。

20____ _____

_____

_____

_____

_____

20____ _____

_____

_____

_____

_____

20____ _____

_____

_____

_____

_____

DECEMBER 24

瞭解我的人會用哪兩個詞彙
形容我？

20＿＿

20＿＿

20＿＿

DECEMBER  25

你正在期待什麼事？

20＿＿ _____

_____

_____

_____

_____

20＿＿ _____

_____

_____

_____

_____

20＿＿ _____

_____

_____

_____

_____

DECEMBER  26

你想發明什麼東西？

20＿＿＿

20＿＿＿

20＿＿＿

DECEMBER 27

等我長大，我要＿＿＿＿＿＿。

20＿＿ ＿＿＿＿＿＿＿＿＿＿＿＿＿＿＿＿＿＿＿

＿＿＿＿＿＿＿＿＿＿＿＿＿＿＿＿＿＿＿＿＿＿＿＿＿

＿＿＿＿＿＿＿＿＿＿＿＿＿＿＿＿＿＿＿＿＿＿＿＿＿

＿＿＿＿＿＿＿＿＿＿＿＿＿＿＿＿＿＿＿＿＿＿＿＿＿

＿＿＿＿＿＿＿＿＿＿＿＿＿＿＿＿＿＿＿＿＿＿＿＿＿

20＿＿ ＿＿＿＿＿＿＿＿＿＿＿＿＿＿＿＿＿＿＿

＿＿＿＿＿＿＿＿＿＿＿＿＿＿＿＿＿＿＿＿＿＿＿＿＿

＿＿＿＿＿＿＿＿＿＿＿＿＿＿＿＿＿＿＿＿＿＿＿＿＿

＿＿＿＿＿＿＿＿＿＿＿＿＿＿＿＿＿＿＿＿＿＿＿＿＿

＿＿＿＿＿＿＿＿＿＿＿＿＿＿＿＿＿＿＿＿＿＿＿＿＿

20＿＿ ＿＿＿＿＿＿＿＿＿＿＿＿＿＿＿＿＿＿＿

＿＿＿＿＿＿＿＿＿＿＿＿＿＿＿＿＿＿＿＿＿＿＿＿＿

＿＿＿＿＿＿＿＿＿＿＿＿＿＿＿＿＿＿＿＿＿＿＿＿＿

＿＿＿＿＿＿＿＿＿＿＿＿＿＿＿＿＿＿＿＿＿＿＿＿＿

＿＿＿＿＿＿＿＿＿＿＿＿＿＿＿＿＿＿＿＿＿＿＿＿＿

DECEMBER 28

哪件事你老是做不好？

20＿＿

20＿＿

20＿＿

DECEMBER 29

最近有人對你說什麼好話嗎？
對方說了什麼？

20＿＿ ＿＿＿＿＿＿＿＿＿＿＿＿＿＿＿＿＿＿＿＿＿

＿＿＿＿＿＿＿＿＿＿＿＿＿＿＿＿＿＿＿＿＿＿＿＿＿＿＿＿

＿＿＿＿＿＿＿＿＿＿＿＿＿＿＿＿＿＿＿＿＿＿＿＿＿＿＿＿

＿＿＿＿＿＿＿＿＿＿＿＿＿＿＿＿＿＿＿＿＿＿＿＿＿＿＿＿

＿＿＿＿＿＿＿＿＿＿＿＿＿＿＿＿＿＿＿＿＿＿＿＿＿＿＿＿

20＿＿ ＿＿＿＿＿＿＿＿＿＿＿＿＿＿＿＿＿＿＿＿＿

＿＿＿＿＿＿＿＿＿＿＿＿＿＿＿＿＿＿＿＿＿＿＿＿＿＿＿＿

＿＿＿＿＿＿＿＿＿＿＿＿＿＿＿＿＿＿＿＿＿＿＿＿＿＿＿＿

＿＿＿＿＿＿＿＿＿＿＿＿＿＿＿＿＿＿＿＿＿＿＿＿＿＿＿＿

＿＿＿＿＿＿＿＿＿＿＿＿＿＿＿＿＿＿＿＿＿＿＿＿＿＿＿＿

20＿＿ ＿＿＿＿＿＿＿＿＿＿＿＿＿＿＿＿＿＿＿＿＿

＿＿＿＿＿＿＿＿＿＿＿＿＿＿＿＿＿＿＿＿＿＿＿＿＿＿＿＿

＿＿＿＿＿＿＿＿＿＿＿＿＿＿＿＿＿＿＿＿＿＿＿＿＿＿＿＿

＿＿＿＿＿＿＿＿＿＿＿＿＿＿＿＿＿＿＿＿＿＿＿＿＿＿＿＿

＿＿＿＿＿＿＿＿＿＿＿＿＿＿＿＿＿＿＿＿＿＿＿＿＿＿＿＿

DECEMBER  30

說出家中你最喜歡的地方。

20＿＿ _____

_____

_____

_____

_____

20＿＿ _____

_____

_____

_____

_____

20＿＿ _____

_____

_____

_____

_____

DECEMBER 31

畫一張自畫像。

20___

20___

20___

smile 142

【Q & A a Day for Kids】

給孩子的每日一問：三年日記

作者：貝西‧法蘭可（Betsy Franco）

譯者：許恬寧

責任編輯：潘乃慧

封面、內頁設計：Danielle Deschenes

美術編輯：何萍萍、許慈力

校對：呂佳真

出版者：大塊文化出版股份有限公司

台北市10550南京東路四段25號11樓

www.locuspublishing.com

讀者服務專線：0800-006689

TEL：(02)87123898 FAX：(02)87123897

郵撥帳號：18955675

戶名：大塊文化出版股份有限公司

法律顧問：董安丹律師、顧慕堯律師

版權所有　翻印必究

總經銷：大和書報圖書股份有限公司

地址：新北市24890新莊區五工五路2號

TEL：(02) 89902588　FAX：(02) 22901658

初版一刷：2017年9月　初版二刷：2022年5月

定價：新台幣450元

Printed in Taiwan